ハヤカワ
時代ミステリ文庫
〈JA1410〉

よろず屋お市

深川事件帖2　親子の情

誉田龍一

早川書房

8460

目次

よろず屋お市

深川事件帖2　親子の情

登場人物

お市……………………………〈ねずみ屋〉を引き継いだ万七の養女
万七……………………………元岡っ引き。お市の養父
伊之助…………………………岡っ引き。万七のかつての手下
仁杉半兵衛……………………南町奉行所同心
正吉……………………………お市が住む長家の大家
お銀……………………………三味線の師匠
音松……………………………幼馴染みの貸本屋

序章

「ほら、これも美味しいぞ」

父親がそう言って、焼いた秋刀魚《さんま》の身から小骨を丁寧に取ると、ふうふう冷まして、まだ幼いお市《いち》に食べさせた。

「どうだ、お市」

「おいしい」

お市は魚を食べるとそう言って、にっこりした。

「はい、お市、こっちも食べるのよ」

今度は母親が、お市に白いご飯を勧めた。

「はーい」

お市はまだ箸を使うのも覚束ない。

母親は箸でお市の口に、少しだけご飯を入れた。

それを、もぐもぐと嚙みしめるようにして食べていく。

「ほおら、お市、これは練馬大根の煮付けだぞ」

父親が今度も少しふうふう吹いて冷ました後、お市の口に入れてやった。

「おいしい」

お市はにこやかに言って、のみ込んだ。

「じゃあ、今度はこっち……」

母親がそう言いかけた時——いきなりその場にまるで湧いてきたかのように、黒ずくめの男たちが五、六人も立っている。

「えっ」

男たちは手にかざしていた長刀を持って、父親と母親に斬りかかった。

「ぐわっ」

「ぎゃあ」

斬られた両親が悲鳴を上げて倒れた。台がひっくり返り、ご飯があたりに散らばった。

お市は訳が分からない。

次の瞬間、倒れながらも父親が、お市の身体を守るようにして上に被さった。

「お市、お前だけでも生きろ」

父親がそう言ったのと同時に、その背中が敵の太刀によって刺し貫かれていた。

母親がお市の手を引き、外へ逃がそうと押し出した。

しかし、こちらにも太刀が容赦なく降りかかる。

母親の首筋から血飛沫が上がった。

「ぐうぅ」

母親はそれでもお市を守ろうと敵とお市の間に、入ろうとしていた。

「お市……逃げて」

その直後、母親の身体に太刀が斬れこむ。


いつの間にか父親も母親も血だまりに倒れている。

父親が弱々しく腕をこちらに伸ばして来た。

お市はその手を取ろうと、転がったまま、己の腕を目一杯に伸ばすが届かない。

「お市！」

父親の顔が苦悶に歪む。

お市は必死に起き上がろうとするが足が動かない。

「お市！」

今度は母親の悲痛な声が聞こえた。

母親も髪を振り乱しながら、同じように手を伸ばしてきた。

「今、助けるから」

お市はもう一度踏ん張って何とか立ち上がった。

しかし踏み出そうとした足が前に出ない。

お市は渾身の力を込めて前へ進もうとしたが、どうにもならない。

やがて、不可思議なことが起きた。

「えっ」

父と母の後ろに大きな穴が開いている。

「お市……」

父の体がずるっと後ろに落ちていく。

両手で穴の端をつかみ何とか堪えているが、その腕も震えてきている。

なぜか顔の部分だけが、まるで墨で塗りつぶしたかのように真っ黒になっている。

するとその横で母の声がした。こちらも何とか穴の縁にしがみついている。顔が真っ黒で分からないのも同じだ。

「ああっ」

父と同じように広く開いた穴の中に体が沈んでいくのが見える。

「しっかりして」

お市は体を前のめりに折って、もう一度手を伸ばした。

お市は体を曲げて、精一杯腕を伸ばした。

今まで届かなかった手が、母の指先に一瞬触れた！

「今、助けるから」

しかしその手には一瞬触れただけで、母はそのまま大きな穴の中へ真っ逆さまに落ちていった。

断末魔の悲鳴が穴の中で響いている。

「ああ、おっかさん……」

お市は前へ出ようとした。しかしやはり足が鉛のように重くて、まるで前に出ていかない。

「お市」

父が何とか這い上がってきた。両手を穴の縁に掛けて、顔だけが穴から出ている。

「お前は生きろ……」

お市は父の方へ手を差し伸べる。父は右手を伸ばす。

「おとっつぁん！　つかまって」

指先は触れるが、お互いに握ることはできない。

「ううっ」

お市は体を思いきり伸ばすが――。

いきなり父親の顔が消えた。

「おとっつぁん！」

お市は前に踏み出した。足が動く。

「おとっつぁん！　おっかさん！」

急いで穴の中をのぞきこんだ。

はじめは真っ暗で何も見えなかったが、やがて目が慣れてくると白い物がぼんやりと浮かび上がってきた。

「ああっ」

やがて、段々とその形が浮かび上がってくる。

お市は思わず叫んでいた。

白い物の正体は――二つの骸骨だった。

「おとっつぁん！　おっかさん！」

お市の目から涙がぼろぼろとこぼれ落ちた。

「嫌だ、嫌だ……」

お市は大声で泣き叫んだ。

第一話　父娘無情

一、

冷や汗が止まることなく、背中を伝っていく。

「あっ」

起き上がったお市は周囲を見た。月明かりが差し込む中、己は煎餅布団の上にいて、傍に貸本が三冊積んである他は何もない。

いつもの二階の寝所である。

お市は息を大きく吸った。

——このところ、毎日のように、おとっつあんとおっかさんが出てくる。

お市は今度は息をふううっと吐きだした。

——何か言いたいことでもあるのかな。

お市は両親の顔を知らない。いや、正しくは覚えていない。

両親と死に別れたのは、お市が八つの時である。決して、顔を覚えていないという年ではないはずなのだが。

お市の場合には特別な事情があった。

目の前で父と母を殺されたのだ。

刃物で刺されて死んでいく両親の姿は目に焼き付いているが、その代わりかどうかは分からないが、両親の顔が、すべてお市の頭から消え去っていた。きっと可愛がられ、たくさん叱られ、大好きな父母だったはずなのに。

奉行所なども探索はしたはずだが、いまだに下手人はあがっていない。

月明かりとは別に、東の方が微かに明るくなっている。

「起きるか」

お市は布団を思い切りよくはね上げると、一階に勢いよく下りていった。

お市の家は表長屋と呼ばれる二階建てである。二階は寝所にしていて、一階には、玄関から土間を挟んだ四畳半の部屋と奥の八畳間の二部屋があり、小さな店を開くことができる造りになっていた。

お市はいつものように土間に降りると、水瓶から柄杓《ひしゃく》で水を汲んで、立て続けに三杯呑み干した。

そして竈《かまど》に近づいて釜の中を見た。昨日炊いた飯がまだ残っている。一緒に作った汁も冷え切っているが、かなりある。

お市は四畳半の部屋に上がった。

その部屋には長火鉢と二枚の座布団が並んでいた。他には何の調度もない。消えたままの火鉢の灰には、古ぼけた火箸と同じく骨董物の蠟色の煙管がささっていた。

煙管はお市が使う物ではない。

お市の育ての親であり、この長屋で長い間、「ねずみ屋」というよろず相談事を受ける店をやっていた万七《まんしち》が愛用していた物だ。

元々は腕の良い岡っ引きで、常盤《ときわ》町の万七と呼ばれて、深川から本所にかけて名の通った親分だった。手下も多く抱えており、面倒見の良さでも知られていた万七が、両親を亡くした八つのお市を引き取り育てたのが、この長屋である。

しかししばらくして万七は突然、岡っ引きを辞めさせられてしまった。お市はまだ小さかったし、万七当人も周囲の者も誰も教えてくれなかったので、その理由は分からない。

十手を返した万七は、「ねずみ屋」を開いた。困りごと、相談ごと、頼みごとなど、よろず何でも引き受けるという仕事だ。岡っ引き時代の顔の広さから、結構なはやりようであった。

ちょっとした使いに毛の生えた仕事から始まって、喧嘩の仲裁、借金の穏便な取り立て、更には居なくなった人を捜したりと岡っ引きの頃よりも、忙しくなったくらいで、順調だった。

ところが半年ほど前、万七は刺殺された姿で大川に上がった。

そしてたったひとりになったお市は、万七の遺してくれたこの「ねずみ屋」を継ぐことにした。誰にいわれたわけでもない。お市の意志であった。

小さな頼まれ事から、大きな事件まで手がけながら、今に至っている。

お市は手前の四畳半の部屋にある長火鉢に向かって座った。

――ここに、いつも万七さんが座っていた。

そう思うだけで、心が落ち着いてくる。

朝起きたら、最近は必ずこの場所にしばらく座るようにしていた。いまだに、万七の温もりが伝わってくるような気がして、安心できるのだ。

じっと目をつむっていると、小さい頃、万七の膝の上で寝ていた時のように、気持ちが良くなってくる。

「お市、いつまで寝てるんだ。もうそろそろお天道様が顔を出すぜ」

万七の声が聞こえてくるようで、お市は立ち上がった。

土間に降りて、戸を開くと、東の空が赤く焼けてきている。

「万七さんの言うとおり」

お市は外に出ると、しばらく周囲を見回していた。まださすがに人通りはない。

ただ、すぐに朝早い行商人などが道に出てくるだろう。

そしてくるっと回って、戸口の横にかかった欅板《けやきいた》の看板の正面に立った。『よろず頼みごとねずみ屋』と太い文字で書かれたかなり年季の入った看板だ。

お市は懐から布を取り出すと、看板を磨き始める。これも、毎朝の習慣になってきていた。

ひととおり磨き終えると、もう一度、前に立って看板を見た。

「お市、この欅はな、上物だ。その辺の欅の板とは全然違うのさ」

お市は少しだけ口角を緩めると、中へ入った。

さっき確かめた飯と汁で朝飯を終えると、再び長火鉢を前に座った。

「さて、今日こそ、お客が来ないとな」

お市はそう言って、戸口を見た。

しかしまったくその戸は開くことがなく、もう昼が来ようとしている。

「参ったな」

そろそろまた米櫃の底が見えてきている。店賃もあと五日ほどで払わなければならない。

万七の跡を継いでこの「ねずみ屋」をひとりできりもりしてきたが、とにかく毎月のように苦しい。

「お市、思わぬ金が入ってきた時は、大事に貯めとくんだぞ」

そんな万七の言葉を覚えていたくせに、以前、奉行所から貰った望外の報酬二両も、何時の間にか溶けるように無くなってしまった。

「はー」

お市は気を取り直すように、首を振った。

「御免よ」

外からいきなり声がした。

「あっ、いらっしゃい」

戸が開いて、男の顔がのぞいた。

「はーあ」

お市はため息をついた。

入って来たのは大家の正吉だ。五十はもうとっくに越えて白髪頭である。

「店賃はまだだと思いますけど」

お市が突《つ》っ慳貪《けんどん》に言うと、正吉は頷いた。

「分かってる。でも、あと五日だからね」

正吉はお市の顔を見つめた。

「何ですか」

「いや、当てがあるのかと思ってね」

「心配しなくても、五日のうちには……」

正吉は、お市の言葉をさえぎった。

「当てがないならと思って、仕事を持ってきたんだ」

「えっ？」

お市は首を傾げた。

「仕事？　ですか？」

ねずみ屋を継いで以来、縁談や妾の話は山ほど持ち込んできた正吉だが、仕事を持ってきたのは初めてだった。

「実は会わせたいのがいてな」

お市は少し用心した。

――調子のいいこと言って、ろくでもない縁組み相手を連れて来たのかもしれない。

正吉は開いたままの戸から顔を出して、外に向かって言った。

「おお、入んなよ」

正吉の向こうから、ゆっくりとひとりの男が入って来た。

頭はもうすっかり真っ白で、顔はしわだらけだ。腰も曲がっており、足が悪いのか、ゆっくりとしか歩けないように見える。着ているものは、ぼろぼろで、少し異臭がするほどだ。

ただ、その目だけが恐ろしいまでに暗く、地獄の底で燃える火のように光を放っていた。

「安兵衛《やすべえ》さんだ」

正吉がそう言うと、安兵衛は少し背を曲げた。

「この人が頼みがあるって言うんだよ」

正吉はそう言って、お市の方を見た。

「分かりました。どうぞ上がって下さい」

お市は安兵衛と正吉を上に誘った。

——どうやら縁組ではないようだ。

縁組の相手が年寄りでないとは限らないが、だとしたら、妾にするのも含めて、みなある程度金を持っているはずだ。しかしこの安兵衛はどうみても金回りが良さそうには見えず、ほとんど物乞いのようだ。

お市はそう思いながら、長火鉢の向こうに座った。

向かいには、安兵衛と正吉が並んで座っている。

「実はこの安兵衛さんとは、幼馴染みでな」

正吉は軽く言うが、お市は内心少し首を捻った。

——どう見ても、十以上は年上に見えるけど。

「ただ、ちょっと訳ありでな」

正吉が言うと、じっと空中の一点を見つめるようにしていた安兵衛は、少し目を伏せるような素振りを見せる。悪疾《あくしつ》が齢以上に老けさせてしまったようだ。

「全部話すんだぞ」

正吉が安兵衛に言うと、安兵衛が頷く。

「本当の名は室戸《むろと》屋《や》安兵衛と言いやす」

しわがれた声を絞り出すように話す。

しばらく沈黙が流れる。正吉がお市を見た。

「あの室戸屋さんだよ」

お市は首を傾げた。

「そうか、お前さんはやっぱり若いなあ」

正吉がそう言うと、安兵衛が声を出す。

「十五年前は室戸屋という小間物問屋を営んでおりました。手前で言うのもなんですが、深川辺りじゃ一番と言われたものです」

「門仲の方に大きなお店があったんだ」

安兵衛の言葉に正吉が続いた。

「ところがよ……」

正吉の言葉が途切れた。安兵衛の目の暗い光が異様に輝いていく。

「赤犬の紋十郎《もんじゅうろう》……ご存じかな？」

「え？」

「盗賊の頭だ」

お市は両親を殺された前後の記憶はほとんどない。またあったとしても、当時の盗賊の名前までは知らない。

「わたしの店が、その紋十郎一味に襲われたんだ」

「何ですって」

さすがにお市も驚いている。

「全部、やられた……」

正吉が横からまた話し出す。

「ひでぇ話さ。金はもちろん、高級そうな小間物も全部持っていかれた……」

「それだけじゃねぇ！」

安兵衛の声が裏返った。

「その後は全部丸焼けにされた……」

安兵衛の目が爛々と輝いてくる。

正吉が口を挟む。

「襲った家は最後は全部焼きつくす、だから赤犬」

赤犬とは火事の隠語であり、この場合は火附ということだろう。

正吉の言葉が続く。

「つまり、気の毒に安兵衛さんの店は、中身を全部持っていかれたうえに、燃えちまったんだよ」

――あたしと同じだ。この人も独りぼっちに。

お市は何も言えない。

安兵衛の顔が鬼のように変わった。

「奉公人もほとんどが死に、家族も別れ別れになりました……」

安兵衛はお市を見た。

「そんな地獄を見て参りました」

しばらく嫌な沈黙が流れたが、お市はそれを破った。

「それで、何をご依頼ですか？　その赤犬の紋十郎を捕らえろと言うのでしょうか」

正吉が慌てて言う。

「そりゃ、いくら、よろず屋と言っても無理だな」

できるわけないと馬鹿にされたようで、かちんときたお市は大見得を切った。

「ご依頼とあればやります……」

「いや、そういう意味じゃないんだよ」

「えっ？」

「とっくに赤犬の紋十郎以下、盗賊達は獄門首になっているんだ」

正吉がお市を見る。

「いくら、お前さんでも捕まえるのは無理だろ？」

「確かに」

——まさか地獄までは行けないしね。

「じゃ、何を頼みに来たんです」

安兵衛が目を光らせて身を乗り出した。お市は気圧されて、一瞬身を引いた。

「娘を見つけて欲しい。俺のひとり娘を……」

そこでいきなり安兵衛は、お市の手を取った。

「お願いだ。頼むから」

ゴホオッ、ゴホオッ。

安兵衛は臓腑がそのまま飛び出てくるのではないかというほどのひどい咳き込み方をした。

「大丈夫ですか。落ち着いて」

お市が言うと、正吉が背中をさする。

「安兵衛、ほら、そんなに興奮すると、身体にさわるぞ」

しばらく咳き込んでいた安兵衛だが、ようやく息を整えた。それを見て、お市は安兵衛に問う。

「あの、娘さんと言いましたけど、十五年前に一家離散されたと聞きましたが、その時、娘さんとも生き別れたのですか」

「ち、違う」

安兵衛の目が爛々と輝く。

「店が襲撃された時、いなくなったんだ……」

そこで安兵衛はお市を見据えた。

「……あいつらに、紋十郎たちに拐かされたんだ」

お市はしばらく言葉が出なかった。

――店も、財産も、そして娘までもを一時に奪われた……

「どうか、頼むから、見つけて欲しい」

安兵衛はお市の顔を今一度見つめた。

「お名前は」

「おゆう、十八の時だったから、今、三十過ぎってとこだ」

お市は首を捻った。

――その後、どうなったのか。売られたかも知れないし、どこかにうち棄てられたかも知れない。いや、足手まといになって、殺されたってこともありうる。

〝いいか、お市、仕事の安請け合いはいけねぇ。でねぇと、安請け合いしてできるかも知れないなんて思わせるのが、かえって残酷だし恨みをかうことだってあるんだぜ〟

万七の声がお市の頭に響く。

〝ただし、心が動いたら、難儀しそうなことでも請けるしかねぇ〟

万七の言葉を胸に、一旦頷いた後、お市は安兵衛を見据えた。

「安兵衛さん、正直に申し上げますが……」

お市は少しだけ声を張った。

「……十五年前に拐かされて消息の無い人を捜せというのは、無理があります。捜しますが、見つけるとお約束することは難しいです……」

「見たんだよ！」

安兵衛が叫んだ。

「えっ、何ですって？」

お市は思わず聞き返していた。

「富岡八幡宮の裏手で見たって奴が出てきたんだ！」

お市は正吉を見た。

「安兵衛の言うとおりなんだ。八幡様の裏手で八卦見をやっている、太吉《たきち》って男が見たっていうわさだ」

正吉は真剣な顔で答えた。

「頼む……お願いだ」

安兵衛は咳き込んで苦しみ出した。

「大丈夫ですか」

お市が言うと、安兵衛は頷くばかりだ。

「おれのことなんかどうでもいい……お願いだから、捜してくれ……」

「おい、安兵衛、しっかりしろ……なあ、お市、頼まれてやってくれねぇか」

正吉が頭を下げた。

「俺はこいつとは昔からの馴染みなんだ。何とか頼む。金は俺が払うから。最初に二分、終わってから二分だったな」

正吉は懐から二分銀を取り出すと、長火鉢の縁に置いた。そして、お市の方にすっと近づくと耳打ちした。

「安兵衛はもう長くねぇ。医者に言われたんだ。だから、生きてる間だけ、捜してくれりゃそれでいい」

「そんな……」

「いや、いいんだ……そうすりゃ、こいつは満足するから……見つからなくても、後金の二分も出す……今度の店賃だっていられねぇ」

お市は驚いていた。日頃、金の為だけに生きていると思えた正吉が、昔馴染みの為に惜しげも無く金を出すと言う。

――信じられない。

お市は正吉の方を見た。

安兵衛を土間のところまで連れて行き、介抱している。

〝お市、人ってのはな。一生のうち、何回か、一瞬、大きく変わる時があるんだぜ。悪党が善人になったり、そのまた逆も然りだ。で、そういう時こそ、本当の顔の時もあるんだぜ〟

万七が言っていた言葉を思い出しながら、お市は頷いた。

「分かりました。捜させていただきます」

「すまねえな」

正吉はお市に頭を下げると、安兵衛を立たせて肩を貸した。そして振り向くともう一度言った。

「頼んだぜ」

正吉は安兵衛と一緒に出て行く。

「頼む……」

　安兵衛の切れ切れの声がお市の耳に残った。

「お前ぇ、そんなことも知らなかったのか」

　伊之助《いのすけ》は呆れ顔で言った。

「万七さんは、どっかの白粉《おしろい》野郎と違って、たとえ身内でもべらべらおしゃべりするような人じゃなかったからね」

　お市はそれだけ言い返すのが精一杯だった。

「そりゃ、どうも」

　土間に立ったまま、伊之助はむっとしている。

　正吉と安兵衛が帰り、ちょうど一刻ほど経った頃、岡っ引きの伊之助が入って来た。お市が万七のところへ拾われて来た時からだから、長い付き合いになる。一時は兄妹のように一緒に遊んでいた仲だ。

　ただ、今は違う。

　――万七さんを裏切った男だ。

　どうにも憎かった。元々、万七の手下であったが、万七が岡っ引きを辞めさせられた時、その縄張りはいくつかに分割されて、このねずみ屋のある常盤町から門前仲町辺りまでは伊之助の縄張りになってしまったのだ。

役者のような色白の顔つきで、白粉のという二つ名で呼ばれている。

跡目を継いだと言えば聞こえはいいが、お市からすると、万七を無理矢理引きずり下ろして縄張りを奪ったようにしか見えない。

だから訪ねて来ても、いつもけんもほろろに相手にしなかった。

――許せるはずがない。

いつもお市はそう思っていた。

もっとも、伊之助の方はひとりになったお市のことを気に掛けているようで、しょっちゅう、何かにつけて、ねずみ屋を訪ねて来ていた。

本来なら、追い払うつもりだったが、さっきの依頼について下調べがしたい。渡りに船と、伊之助に赤犬の紋十郎について尋ねると、思いも掛けない言葉が返ってきた。

赤犬の紋十郎一味を捕らえて、獄門台に送ったのは万七だという。

「万七親分が一味をほぼ全員捕まえたんだ。あんな鮮やかな捕り物は、他に聞いたことがねぇや。さすが親分だ」

伊之助は嬉しそうな顔をした。

聞いているお市だって、満更でもない。

――万七さんだもの。

伊之助の言葉は続く。

「俺はまだ手下の見習いになったばかりだったから、何の役にも立たなかったけどな」

そう言って伊之助が自嘲気味に笑う。

「それは親分になった今も変わってないよね」

「何だと」

伊之助が凄むが、お市には通じない。

「あんたじゃ、詳しいことが分からない。仁《に》杉《すぎ》の旦那なら知ってるでしょ。今度来て下さいって言っておいて」

お市の言葉に、伊之助は舌打ちすると、腕組みをした。

「で、お市、火盗改に商売替えでもするつもりか」

「それも悪くないかもね——火ねずみみたいに、強く、激しく、勇ましくってとこかしらね」

お市はそう言うと、長火鉢に向かって座り直した。

「おい」

伊之助がお市をいさめる。

「盗賊相手なんてのは、女のお前のやることじゃねぇぞ。まして、また赤犬の紋十郎みたいな極悪非道なのが出てきたら、命がいくつあっても足りねぇぞ」

「あら、心配してくれてるの」

「冗談じゃねぇ」

伊之助は振り向くと戸を開いた。

「とうしろうに動かれると、邪魔で目障りなんでな」

伊之助はそう毒づくと、外へ出て行った。

元の静けさを取り戻した部屋の中で、お市は心を落ち着かせようと長火鉢の後ろに座り直した。

使い古した座布団からの万七の温もりを感じながら、お市は感慨にふけっている。

――万七さんが捕まえてただなんて……

岡っ引きの頃は、仕事の話はまずしなかった万七だ。お市が知らないのも無理はない。

万七は安兵衛に会って話を聞いていたかもしれない。

――因縁なのかな。

お市は座布団をいとおしそうに撫でた。

二、

「八卦見ってどこよ」

お市は独り言を言いながら、富岡八幡宮の裏手の道を行ったり、来たりしていた。背中には外に行くときはいつも一緒の小豆色の打飼袋《うちがいぶくろ》を背負っている。中には握り飯が二つと竹水筒が入っていた。

祭礼でもないが、裏道といっても、参拝客はひっきりなしで、その他にも道を急ぐ丁稚や手代、更には武家まで多くの人が行き交っていた。

道端には数多くの出店が連なっている。

深川飯、寿司、餅、蕎麦、饅頭などの食べ物から、古着、骨董、小間物など、この通りで買えない物はないというくらいだ。

ただ、八卦見は無い。

「占いのことだよね」

道端の出店を見ながら、二度行ったり来たりしたが、目指す店が見つからない。

「ちゃんと聞いとくんだったたな」

お市は周囲を見回した。

人に聞こうと思ったが、あまりに多過ぎて誰に聞いていいか分からない。

仕方なくお市は一番近くに見える煎餅屋の前に行った。

法被を着た男が、忙しそうに煎餅を焼いている。

「あの、ちょっと」

「おや、若いおねえさん、何か悩みごとでもあるのかね」

「えっ」

「そういうときは、この煎餅に限るね」

男はそう言うと、目の前に並べた焼き上がったばかりの煎餅を指した。

「さあ、とにかく、ひとつ食べてみなって」

「いえ、煎餅は……」

「とにかく、食べてからだ」

法被の男は強引だった。

最初は三十くらいの男かと思ったが、よく見ると顔や手に皺があり、どうみても五十は越えている。

「若い頃ってのは色々あるが、煎餅ですべて悩み解決だ」

「これが、悩みを解決するの」

「そうだよ。その為に来たんだろ」

「いや、あたしは、人を捜していて……」

「どれでも、十文だ。さ、引いてみな」

「十文……煎餅一枚が……」

お市は思わず声を上げていた。

「そりゃ、仕方ねぇだろ。辻占煎餅なんだから」

「えっ」

「何だ、まさか知らねえって言うんじゃねぇよな。最近の小娘ってのはものを知らねぇって言うが……」

中に占いが入っている煎餅のことだという。

「もしかして、太吉さん」

「そうだよ」

そこで太吉は咳払いをすると朗々と口上を始めた。

「さあさ、寄ってらっしゃい、見てらっしゃい、そして引いてらっしゃい、辻占煎餅！もちろん、最後は食べてらっしゃい、煎餅だから。当たるも八卦、当たらぬも八卦と言うけれど、こちとら辻占煎餅はそんなもんじゃない。当たるは九分九厘、残りの一厘はもっと当たるときたもんだ。さあ、買った、買った」

お市は満面の笑みを浮かべた。

「ああ、ついてる」

「いや、だから、それは辻占煎餅で占わねぇと」

「そうね。ひとつ、いただく」

お市は煎餅をひとつ取り口にくわえると、十文を懐から取り出した。

「ありがとよ」

太吉が銭を受け取ろうとして、お市は銭を持った手を閉じた。

「何だよ」

お市は煎餅を口から抜いた。

「話が聞きたいの」

お市は握ったままの手を太吉に向けた。

「おゆうさんのこと」

「誰から聞いた」

「だってお客に見たって言ったんでしょ」

太吉が黙り込んだ。

「その人たちから回りまわって聞いた人がいるの。辻占がいつのまにか八卦見になってたけどね」

「ああ、確かに見たよ。間違いねぇ。あら、おゆうだ」

太吉は観念したように深く頷いた。

「若ぇ頃、煎餅の行商してた。一時、室戸屋の周辺を流していたことがあってよ、おゆうが何度か煎餅買ってくれたのさ。顔立ちの良い子だったから、よく覚えてたんだ」

「おゆうさんがいくつの頃」

「そうだな、十五とか言ってたな。その頃は毎日のように会ってた。でも、あんまりその辺りは売れゆきが良くなかったんで、すぐ河岸を変えたよ」

「十五年くらい経ってるわね」

太吉は頷いたが、やがてお市の言葉の意味に気づいたのか、急に首を振った。

「いや、本当によく覚えている。見間違えることは絶対ねぇ」

太吉は声を荒らげた。

「で、今回はいつ、どこで見たの」

「なんでぇ、お前一体何者なんだ」

「調べてるの」

「何を」

ここで本当のことを言っても、あまり迫力がない。お市は一計を案じた。

「赤犬の紋十郎」

太吉の顔色が変わる。

「あの盗賊は獄門になったって……」

「残党が残っていてね」

「じゃ、お、お前、奉行所の役人か」

女の役人などいるはずない。しかしお市はわざと重く頷いた。

「見かけたのは、ここだよ。店の前だ。七日ほど前だったかな。この前を歩いて行ったよ」

「これだけ参拝客なんかで、ごったがえす道を歩いていて、よく気づいたわね」

「人を見てるのが商売みたいなもんでな」

太吉は自慢そうに言う。

「こいつは煎餅好きかとか、占い信じてるかとか……」

「それで話し掛けたんですか」

お市が問うと、太吉は首を振った。

「いや、そこまではな」

「どうしてですか。おゆうさんが赤犬一味に拐かされたのは知ってるでしょ」

「知ってるけど……赤犬の一味がまだ生きてりゃ、関わりは御免だからよ……」

太吉から急に威勢の良さが消えた。

「それに……」

「それに……何」

「男連れなんだ」

お市は思わず太吉の顔を見つめた。

「男って、どんな男」

「そうだな、年の頃は三十ってとこかな。なかなかのいい男でな、背も高く、身体も大きい男だった……」

「ふたりは、どんな様子だったの」

「どんなって、どういうことだよ」

「例えば脅されてる風に見えたとか、女が怯えていたとか、嫌がっていたとか……」

「ああ、それは全然ないな」

「じゃ、普通に歩いてたの」

「いいや」

太吉は笑みを浮かべる。

「嬉しそうにしてた。仲睦まじいっていうのか」

「仲睦まじい……」

「そう、あれは夫婦だろうな」

「どうして分かるの」

「ははは、こちとら、ひとまわりも生きてるんだぞ。それくらいは分かるさ」

太吉が再び勢いづいてくる。

「それに声掛けるも何も、これだけ人がいるんだ。すぐ人混みにまぎれちまったよ……もう、いいかい」

辻占煎餅を買いに来た客が前に立ったのを見て、太吉はそう言った。

「その男って何か目立つようなことありませんでした」

「さあね」

太吉は手を振ると、前に立つ客に声を掛けた。おでこの広い子どもが立っている。

「いらっしゃい……あっ」

太吉はいきなりお市の方に目を戻し、満面の笑みを浮かべた。

「思い出したよ」


「待人 近く現れる、か」

おゆうを捜し当てることができるという意味だろうか。

お市は八幡宮から少し離れた道端に腰を下ろして、辻占を読んでいた。さっきの太吉の店で買った辻占煎餅に入っていたものだ。

〈失物 早く出づ〉

こちらも、悪くない。

おゆうは物ではないが、安兵衛にしたら十五年前に失った大事なものであることに間違いない。

——当たってくれたら、いいんだけど。

お市は辻占を懐に放りこむと、打飼袋から握り飯を取りだしてかじりついた。

「額の向かって右側に大きな斜め傷が見えた」

太吉が最後に教えてくれた男の特徴だ。

調子の良い男で、あまり信用できそうもないが、こと、おゆうに関しては、太吉を信じるしかない。

お市は二つ目の握り飯を取り出すと食べ始めた。

「で、どうするか」

太吉には、もしまたおゆうや男を見かけたら報せてくれるように頼んではおいた。

でも、まず難しいだろう。

お市は懐から一枚の絵を取りだした。

おゆうの似顔絵だ。

小さい頃によく遊び相手をしたという正吉が、絵心があるので、描いたものだ。

大きな目鼻、薄い唇、ふくよかな頬、そして富士額。

この絵がどれほど似ているか知らないが、美人だ。

こんなに可愛く美しい女が、盗賊に拐かされた先に、一体どんなことが待ち受けていたのか。

頭の中で想像するだけでも、恐ろしい光景が浮かんで来る。

――おゆうさんは、どうやって消えたのか。

そして相手の男は何者なのか。

お市は思いを巡らしていた。

〝いいか、人を捜すってことは、その人の昔を調べるってことなんだ。昔なんて関わりねぇ、今いるところを捜せばいいなんて言ってると、かえって遠回りで、間抜けなことになるのはよくあることだ〟

万七の言葉が頭の中を回っていた。

しかし昔のことを探ろうにも、あまりに手掛かりがなさすぎる。

お市は握り飯を口の中につめこむと、辻占をしまう前に、もう一度見直した。

「とにかく、手掛かり」

〈願事　すぐにかなう〉

――なかなかいいね。

お市の顔に自然と笑みが浮かぶ。

そしてその隣の言葉も目に入った。

〈縁談　あせるな。必ず成る〉

思わず、ふっと息を吐いてしまった。

――縁談か。

正吉が、しょっちゅう持ち込んでくるが、お市は相手にしたことがないから、今のところは無縁だ。

――いつか、そんなことあるのかな。

一瞬、感慨にふけったが、急いで辻占をしまうとお市は、打飼袋を背負って立ち上がった。

そして門仲の大通りに出る。

時刻のせいもあるが、こんなにも多くの人がいるのかと驚くばかりだ。

「よし」

お市は手におゆうの似顔絵を持つと、まず手始めにすぐ隣にいた手代風の男に声を掛けた。

「ちょっと、ごめんなさい。この人、知りませんか」

いきなり声を掛けられて、男はぎくっとしたが、似顔絵に目をやった。

「額のこの辺に傷のある男と一緒だと思うんですが」

お市は己の額の左を指した。

「知らねぇな」

男はそれだけ言うと、離れて行く。

それでもこの男は返事をしてくれただけ、まだ良かった。

今度は、お市は、前から来た若い女に声を掛ける。

「あの、すみません。この人知らないでしょうか」

女は迷惑そうにしながら似顔絵を見ると首を振って、そのまま行ってしまった。

お市は片端から声を掛けていくが、ほとんどの人は似顔絵を見ることすらなく、行ってしまう。

「すみません、この人なんですけど……」

「うるせぇ、急いでるんだよ」

声を掛けた途端に、もの凄い声で怒鳴る男もいた。

それでも、お市は声を掛ける。

しかし首を振るのも面倒臭そうに、みながそのまま通り過ぎて行く。

たまにもの珍しそうにのぞきこんで、お市の顔を見ると、手を引こうとした男がいたくらいで、ほとんどの男も女も、まったく相手にしてくれない。

「ちょっと、ごめんなさい。この女の人知らないかな」

それでも、お市は日が沈むまで、声を掛け続けた。

「ああ、どっかで見たことあるような……」

ひとりの女将さんがそう言って、さっさと行こうとした。

「あの、どこでしょうか。思い出せませんか」

「さあねぇ」

「何でもいいんですが……」

「そう、言われてもね……」

「大事なことなんです。ほら、よく見て下さい」

お市が似顔絵を女将の眼前で何度も振ると、女将は首を振っている。

「思い出して……」

お市がそう執拗に迫ると、女将は急に怒りだした。

「そんなこと言われても、知らないものは知らないね」

そう言って、さっさと行ってしまう。

「あの」

声を掛けても、振り向かずに歩いて行く。

お市はため息をついた。

そうして、何人かはその女将のように、似たような女を見たことがあると言ったが、それ以上のことは何も分からずにその日は終わった。

帰り道、薄暗くなった道端から、いきなりがるるうという声がした。お市が慌てて、そちらを見ると、白と黒の二匹の猫が向かい合っている。

「喧嘩……」

しばらく見合っていた猫が、急にお互いに飛びかかった、白と黒がもつれあったまま、地面をぐるぐると回転した。

そして身体が離れると、再びぐるるうと鳴きながら、向き合っている。

「いつか、万七さんと喧嘩したっけ」

お市の頭に小さい頃の記憶が蘇ってきた。


「お市、何刻だと思ってるんだ。もうすっかり暗いだろ」

暮れ六つを過ぎて帰ったお市を、戸口で万七はいきなり怒鳴りつけた。

「変なことに巻きこまれたら、どうするんだ」

万七の顔が怖い。

「みんなとしゃべってたのよ。別に変なところなんか行ってない」

お市はそのまま、万七の横をすり抜けて中へ入ろうとした。

「ちょっと、待て。なんだその口の利き方は」

「だって、別に何も悪いことしてないし」

「お前がしなくても、巻きこまれることがあるんだ。ましてや、お前は、若い娘っ子だからな」

「そんなこと、あたしのせいじゃないでしょ」

「馬鹿野郎、何言ってやがる」

万七の声が大きくなった。

「何よ、そんなに怒鳴らなくても聞こえてるし」

「だったら、一回ではいと返事しろ」

「はい、はい」

「何だ、お前、その返事は」

万七がお市の肩を強くつかんだ。

「痛い、痛い」

お市は振り払おうとした。すると、それがたまたま、万七の目に入った。

「いてえ」

万七が目を押さえるために手を離すと、お市はそのまま戸口から飛び出た。

「おい、待て、お市」

万七の声をよそにお市は外へ走り出した。

「たしか、あんなことがあったな」

お市は万七との喧嘩を懐かしそうに思い出していた。

——考えてみれば、ひどいことしたな。

ふと見ると、再び猫は飛びつき合ったが、やがて白猫が負けたのか、一目散に逃げ出して行った。

「昔のあたしみたい」

お市はじっと白猫の逃げた行く先を見ていた。

三、

「人を呼びつけるほど、いつから偉くなったんでぇ」

まだ日が昇って間もない頃、戸を開いて入ってくるなり、仁杉半兵衛《はんべぇ》はそう言ってお市をにらんだ。

着流しに巻羽織、南町奉行所同心の仁杉の細長い顔には、鋭い鷹のような目が光っている。

ちょうど朝ご飯を終えたところで、お市は長火鉢の向こうに座っていた。

「別に呼んだわけじゃありません」

お市は座ったまま、突っ慳貪な口調になる。

「呼んだじゃねぇか」

仁杉の後ろから、伊之助も姿を見せた。

お市は平然としている。仁杉の目が鋭くなる。

「お市、商売替えするんだってな」

「何のことです」

「火盗改になるんだろ」

「まだ、決まっちゃいません」

お市の言葉に、仁杉はふんと鼻を鳴らすと真面目な顔になる。

「悪いことは言わねぇ。盗賊の相手なんてやめといた方がいい」

仁杉はそこでお市を見据えた。

「今度は本当に死ぬかもしれねぇぞ」

以前賭場の開かれていた寺の境内でお市が刺された時、仁杉に窮地を救われている。

「それは困りましたねえ」

お市は首を振った。

「おい、ふざけてんじゃねぇ」

伊之助が後ろで怒鳴った。土間の仁杉が一歩近寄る。

「まあ、赤犬の紋十郎はもうこの世にいねぇから、殺されることもねぇだろうが」

「そのことを聞きたいんです」

「どうして」

「万七さんの手柄なんでしょ。聞いておきたいんです」

――万七さん、ごめん。

お市は万七をだしにした。

「室戸屋ってのもやられたんでしょ」

「ああ、覚えてる。十五年になるか」

「そこの娘が拐かされたって聞きましたよ」

「誰から」

「大家さん」

まったくの嘘ではない。

「それは違ぇねぇが……」

「帰って来てないんですね」

仁杉はしばらく何も言わなかったが、仕方なさそうに頷いた。

「そのとおりだ。深川じゅうが知ってる」

「万七さんが捕まえた時、その娘さんはどうしたんですか」

「どうしたも、こうしたも、その時にはもう紋十郎と一緒にいなかった」

「じゃ、額の向かって右、つまりここら辺りに傷のある男が一味にいませんでしたか」

お市は己の左額を触りながら言った。

「赤犬の紋十郎一味の生き残りに」

それを聞いて、仁杉はしばらく黙っていたが、やがて口を開いた。

「数人は逃げたのは間違いねぇ。ただ、そんな男がいりゃ、覚えてるはずだが……」

「そうですか。ありがとうございました」

お市はもう用はないという顔をした。

「その傷のある男がどうしたんだ」

伊之助が怖い顔でお市を見る。

「お市、一体、何をしてるんだ」

仁杉がにらんだ。

「まさか、引き込みを見つけたんじゃねえだろうな」

「引き込み？」

お市が首を傾げると、伊之助が口を出す。

「店の中に潜り込んでおいて、鍵を開けたりして、盗賊が店に入る手筈を整える奴だ」

「押し入られた日、木戸の閂《かんぬき》は外れていた。その一刻前、奉公人の女が閂を掛けていたのに。それに蔵の鍵も、その日の晩、主人の安兵衛が確認したが、そのあと消えていた。誰か中から引き込んだ奴がいる」

お市は仁杉を見た。

「それが誰か分かって無いんですね」

「そうだ。室戸屋はあの後、離散したから。よくわかってない」

そこで仁杉はお市の顔をもう一度にらんだ。

「室戸屋の件がどうかしたか」

「別に」

「あのな、こっちは心配して……」

伊之助が言い掛けると、仁杉が止めた。

「もう、いい。勝手にさせとけ」

仁杉は背を向けると戸に手を掛けた。

「お市、もし生き残りがいたら、奉行所に届けろよ」

仁杉はそれだけ言い残すと、伊之助とともに出て行った。

——一味じゃないんだ。

お市は首を傾げていた。

赤犬の紋十郎一味に拐かされたおゆうが、一味の誰かと懇《ねんご》ろになってしまった。

安兵衛のことを思うと、あまり考えたくはないが、一番ありうることだと思っていた。

——そうでないと、まず生きていないはず。

誰か男がいたから一味の中で生き残ることができたか、あるいは逃げたにしてもひとりではまず無理だが、一味の男と一緒ならできるだろう。

「そして、万七さんが赤犬の紋十郎を捕まえた」

さっき仁杉も言っていたが、完璧に一網打尽とはいかなかったようだから、おゆうを連れて逃げたのだと思っていた。

しかし左額に傷の男は一味にいないと言う。

もちろん、万七や仁杉が把握していない男が一味にいたことも考えられる。

――だけど、万七さんや仁杉の調べに落ちがあったとは思えない……

じゃ、おゆうと一緒にいる男はだれなの。

お市は息を大きく吐いた。頭がこんがらがってくる。

万七の声が聞こえた。

〝お市、頭を使うのは大事なことだ。これでもかってくらい考えるんだぞ。考えるのはただで、できるからな〟

さらに万七の言葉は続いた。

〝でもな、これ以上は無理だってくらい考えたら、少しやすませるんだ〟

お市は立ち上がった。

「この人、知りませんか」

いつもの握り飯と竹水筒の入った打飼袋を背負って、お市は門前仲町に向かった。そして昨日と同じように、片端から声を掛けて尋ねていく。

場所も富岡八幡宮の前の表通りから、昨日行った裏道、さらには佐賀町辺りまで、足を伸ばして色々聞き込んだ。

「ああ、見たことあるな。男と一緒だった」

若い魚屋が頷いた。

「えっ、本当ですか」

「ああ、間違いねぇ。綺麗な女だったからな」

「男の方は」

「ああ、そっちも色男だったな。あっ、でもおでこに傷があった。ここんところに」

魚屋は額を叩いた。

「その人たち、どっちに行きました」

「さあな、そこまでは見てねぇな」

そこで魚屋はにやりとした。

「えらく仲よさそうだったから、茶屋にでも行ったんじゃねぇか」

そしてお市の反応を探るような目をした。

「俺らもどうでぇ……」

「結構です」

お市は魚屋から離れた。

そしてその後も、ここ黒江町辺りで見たという声を何人かから聞いた。昨日と合わせれば、十人近くいくはずだ。

——ただ、だれもその先は知らない。

どこに住んでいるかが、分からないのだ。

その後、お市は昨日と同じく暗くなるまで聞き込んだ。

秋の日は短い。

人通りは朝、昼と同じく、大勢が行き交っているが、段々と芸者や酔っ払いなどが大半を占めてくる。

——ここまでね。

お市は門前仲町を離れて、常盤町の家に歩き始めた。

おゆうと男は間違いなく、門前仲町、黒江町近辺にいる。あとは居場所を突き止めるだけだ。

そして、もうひとつ。男の正体である。この男が盗賊、あるいは元盗賊であるかもしれない。

——だとしたら、人殺しなど平気でできる男かも知れない……

その瞬間、お市は背後に殺気を感じた。

——危ない。

すかさず横に飛ぼうとしたが、避けきれずに、ゴツッという鈍い音とともに、右肩に激痛を感じた。

「うっ」

お市はそのまま、前のめりに倒れそうになったが、三歩行っただけで何とかこらえた。

しかしそこへもう一撃、棒がお市の右足を直撃してきた。

「あっ」

脛を叩かれたお市の右足は感覚が無い。

——動けない。

太い棒を右手に持った長身の男が立っている。

「くそっ」

男は棒を高く振り上げると、お市に向かってきた。

激痛が走り、足は動きそうにないが、お市はそれでも身構えた。

男が向かってきて、棒を振り下ろす。

間一髪、お市はそれを右に飛んでかわすと、髷から簪を抜いた。

簪といっても、並の簪ではない。ジーファーと呼ばれる琉球簪である。

男は振り返りざま、再び棒を振ってきた。

お市は足を引きずりながらも、再び横に飛んでかわすと、真横を走るかたちになった男の腕をジーファーを逆手に持つと刺した。

「うっ」

男は声を上げると棒を取り落とした。お市は痛む足で棒を蹴り払った。男の右腕から、血が流れ落ち始めている。刺された箇所を押さえながら声を出す。

「ち、畜生」

男は懐から短刀を取り出した。暗闇の中、短刀の刃が月光を反射して、ギラリと光った。

お市はジーファーを構える。

「でやっ」

男が雄叫びとともに短刀を突き出してきた。今度もお市はそれを冷静に見切ると、足を引きずってかわした。

そして今度はジーファーで、男の右太もも辺りを刺す。

「痛ええっ！」

男は太ももを押さえている。その手から血がほとばしるのが見えた。

そしてその時、男の顔が月光に浮かび上がった。

額の向かって右に傷がはっきりと見える。

「あっ」

お市が驚いたように声をあげると、男は額を手で隠すようにして背を向けた。

「待て」

お市はそう叫んだが、男は走り出す。といっても、太ももを刺されているので、あまり速くはない。

しかしそれはお市の右足も同じだ。

追いかけようとしても、足を引きずるしかなく、自慢の足は使えない。

男の姿が段々と遠ざかっていく。

お市は悔しそうに唇を噛んだ。

「追えれば、おゆうさんにたどりついたのに……」

お市はゆっくりと歩き出す。

「ああ、痛い」

お市は呻きながら歩いて行く。

万七の声が聞こえた。

〝お市、頭だけはやられねぇようにしろよ。他のところは少々やられても何とかなる。ただ、頭は別だ。やられたら最後、まるで動けなくなったり、立てなくなったりする。怪我をするのは嫌だろうが、他が傷ついても頭だけはしっかり守るんだぜ〟

その言葉に、お市はぞっとしていた。

——最初の一撃が後頭部に入っていたら……

まず間違いなく今頃はあの世だったろう。

「ついてたのかも」

そう口に出した時、お市の頭にふと浮かび上がったものがある。

——盗賊の一味には思えない……

いきなり棒で背後から殴りかかり、短刀まで出した相手だが、赤犬の紋十郎一味のような盗賊にしては、手慣れてない。

まずあっさり逃げたこと。刺されたとはいえ、その諦めの良さが盗賊らしくない。

次に、格闘にあまり慣れていなかったことだ。

男の攻撃は棒と短刀こそ使ったが、単調でただ突っ込んで来ただけであった。お市の足が利かないのは分かっているのだから、殺すならいくらでも方法はあったはずだ。

——脅すだけだったとか。

それはほとんど考えられない。芝居で、あれだけ必死な形相はできない。

だとすると、素人だということだ。赤犬の紋十郎一味などではないだろう。

では、誰なのか。

その時、万七の声が聞こえた。

〝いいか、お市、何でも考えが詰まったら、初めからおさらいすることだ。知っていたつもりで、忘れていたことがある〟

お市は足をひきずり、歩きながら、今回のことで見聞きしたことを頭の中でめぐらしていた。

橋を二つほど渡り、家のある常盤町に入った時、いきなり頭の中に閃いたことがあった。

――もしかして……

お市は今思いついたことを頭の中でもう一度、考え直してみた。

――おかしいところはない。

家について、戸につっかえ棒をして、長火鉢を前に座ると、疲れと痛みが襲ってきた。

ただ、そんな中でも、お市の頭は巡っていた。

――おゆうさんたちの居所は分かるかも。

ジーファーについた血を拭きながら、お市は頷いていた。

怪我は治さないといけないが、それよりも明日はすぐに動かなければならない。

お市は二階に上がると、棒で叩かれた所に軟膏を塗ると、すぐに床についた。

四、

「こんな朝早くからなんでぇ」

正吉は顔をしかめた。

「おゆうさんが見つかるかもしれないんです」

「本当か」

急に正吉の顔が真面目になる。

「だから、お願いします」

「分かった。安兵衛のところだな」

正吉はすぐに外へ出てくると、歩き出した。

男に襲われた翌朝、お市は明け六つに大家の正吉を訪れると、安兵衛の所へと案内してくれるように頼んだ。

「だいぶ、悪いようだ」

正吉は哀しそうに言う。

「もう、長くねぇ」

お市は頷くしかない。

正吉の目が赤くなっている。

――金の亡者にも涙か。

お市はそう思いながら、歩いて行く。幸い軟膏が効いたのか、足は痛むが歩くのに支障はない。

道すがら、お市は尋ねた。

「どうして、そこまで安兵衛さんに親切にするんですか」

正吉は赤くなった目を少し細めた。

「どうしてって……」

「だって、お金も全部出してくれますし……」

お市の言葉に正吉は苦笑した。

「へへ、確かにこの正吉が他人の為に金を出すなんて、さぞかしおかしいことだろうな」

「そんなこと言ってません……」

お市は慌てて首を振ったが、図星を突かれたのは間違いない。

「助けられたんだ」

「えっ」

「俺は実は泳げなくてな。ガキの頃、大川に落ちたんだ。まだ十にもならない頃だ。そこをあの安兵衛が、たしか十八くらいだったと思うが、すかさず飛び込んでくれて、俺は助けられたって寸法よ」

「そんなことが……」

「いや、そこじゃねぇんだ。俺は子どもだったから、ただ助けられたことが嬉しかったが、俺の親父が感激して礼をしようとしたら、安兵衛が言ったのさ」

そこで正吉の頬が緩んだ。

「当たりめぇのことをしただけだから、金なんて貰えねぇって」

「ああ」

「だから、以来ずっと借りっぱなしだ。それがようやく返せる機会が来た。安兵衛が死ぬ前によ」

正吉はそこまで言うと、再び黙り込んだ。

安兵衛の住む長屋は、門前仲町の少し南、お市の店からいうと、門前仲町へ行く途中の大川沿いの今川町にあった。

長屋といっても形だけで、ところどころ戸板に穴があき、屋根には草が生えており、とても人の住めそうにないところだ。

「安兵衛、入るぜ」

正吉はその一番端の薄汚い戸を開けた。

四畳半の部屋が一間だけあり、寝床が敷いてある。横にはお椀と箸があった。

「どうだい、調子は」

「ああ、正吉か」

正吉の声に、寝ていた安兵衛が体を起こそうとした。

「ああ、いいんだ、いいんだ」

正吉が止める。

「すまねえな」

「今日は顔色がいいじゃねぇか」

正吉の言葉とは裏腹に、以前会った時よりもぎょっとするくらい、痩せ細っている。

「あんたも……一緒か」

寝たまま、お市を見て安兵衛が言った。

「そうなんだ。どうしてもお前に聞きてぇことがあるってよ」

正吉が言うと、安兵衛はお市に向かって尋ねる。

「何だ」

「室戸屋の奉公人のことは覚えてらっしゃいますよね」

「もちろんだ」

「この辺りに」

お市は額の左側に触れた。

「傷痕がある男はいませんでしたか。まだその頃は、十六、七かと思います。背が高くて、いい男……」

　安兵衛の顔が紅潮した。

「留吉だ。手代の留吉だ」

　お市も頬が赤くなるのを感じた。

「やっぱり」

「と、留の野郎がどうしたんで」

「まだ、何も分かりません……」

　お市が言っても、安兵衛はひとりしゃべっている。

「あいつは、どうも、商いに身が入ってなかった……おゆうのこともじろじろ見たりしてた……事件の後もすぐいなくなったし……」

　安兵衛は余命わずかとは思えぬほど、力強い声を出した。

「あいつが何かやったのか……」

「おい、安兵衛、もういい、もういい。ほら、寝ろ」

　正吉はそう言って安兵衛をきちんと寝させた。

　お市は立ち上がった。

「安兵衛さん、正吉さん、ありがとうございます」

「なんでぇ、もう、行くのか」

「ええ、おゆうさんを連れ戻せるかもしれないから」

安兵衛の顔が変わった。

「お、おゆう、おゆうが、戻って来るのか」

「そうしたいです」

お市は安兵衛の長屋を出た。そして早足で次の目的地へ行く。

「これで万七さんが逃した残党を捕まえることができるよ」

お市は空に向かってそう言った。

「哀しい真相かもしれないけど……お縄にするのが万七さんの仕事だったからね」

それがよろず屋の仕事だもの。

お市は己を奮い立たせるようにつぶやいた。


「ここだ」

昨日襲われた場所から血痕をずっとたどってきたお市は地面から顔を上げると、蛤町の小さな長屋の前に立ち止まった。

皮肉なことに、安兵衛のいる今川町の長屋から歩いてすぐのところであり、お市が襲われた黒江町からは目と鼻の先だ。

ちょうど午少し前になっていた。

お市は戸に手を掛けた。

「入るよ」

お市は勢いよく開く。

「あっ」

中で男と女が茶を飲んでいる。

男の左額には傷痕がある。昨日、お市を襲った男に間違いない。

「この間はどうも」

お市は男を見据える。

「留吉さん」

「どうして、その名を……」

お市はにやっとして女の方を見た。

その顔はよく見慣れたものだった。正吉が描いてくれた似顔絵そのままの女……

おゆうだ。

男はお市を見て、逆に怯えたような顔をした。

おゆうはその美しい顔を歪めて、お市をにらむ。

「なんだい、あんた」

「お父さんの安兵衛さんに頼まれたんです」

顔色が変わった。

「おゆうさん、あなたを連れ戻してほしいって」

おゆうの顔がまっ青になっていく。

「おとっつあんが、あたしがここにいることを知ったの」

おゆうはそう叫ぶと、慌てて立ち上がった。傍にあった茶椀が勢いよくひっくり返る。

お市は頷いた。

「さ、行きましょう」

おゆうは固まったようになって動かない。

「おい、何言ってるんだ！」

留吉が土間に立ったお市の方へ向かってくる。

お市はジーファーを髷から抜くと逆手に持って構えた。

留吉の顔が強ばった。

「まだ怪我してるんでしょ」

留吉の腕と足を見た。

「うるせぇ」

土間に降りた留吉がお市に向かって来た。

手には短刀が握られている。

しかしお市は慌てない。

少し体を入れると、昨日刺した留吉の右足にこちらの左足を引っ掛けた。

「おわっ」

留吉がもんどりうって倒れた。

お市はその横腹を蹴り上げる。

「ぐはっ」

留吉が呻いている。

見ていたおゆうが、だっと走り出す。

「ああ、駄目」

お市は持っていたジーファーを投げた。

「あっ」

おゆうの袖がジーファーによって壁に留め付けられている。

おゆうはそのまま、へたりこんでしまった。

「もう、いいか」

外から仁杉と伊之助が入って来た。

「こいつか」

仁杉がお市を見る。お市は頷いた。

「赤犬の紋十郎の生き残り、そして引き込み」

お市はそう言うと、留吉を見た。

伊之助が縄をうって、外へ連れ出して行く。

「なるほど店の手代が引き込み……よくあるっちゃ、よくある」

「その割には十五年もかかったけど」

お市は皮肉を言うと、部屋に上がってジーファーを抜き、おゆうの腕を取った。

取り立てて、抵抗することもない。

ただ、その大きな目でお市をにらみつけただけだ。

「おっと、そっちも奉行所に連れて行くぜ」

「どうしてよ。このおゆうさんは、拐かされた方よ」

「だから、その辺の話を聞きたいってんだ」

「何言ってるの。一刻も早く、父親に会わせたいの」

「心配すんな。ちょっと話を聞くだけだ」

「いつまで」

「何もなきゃ、明日の夕刻には帰す」

「何もないって、どういうこと」

「何も怪しいところがないってことだ！」

「怪しいって……」

そんな言い合いをしてるうちに、伊之助がまた入って来た。そしておゆうの腕を取ると、外へ連れ出して行く。さすがに縄はうたなかったが。

残った仁杉がお市を見た。

「すまんな」

「信じられない」

仁杉は黙って出て行き始める。

「絶対、明日には帰してよ」

お市は思わず怒鳴っていた。

翌朝一番、伊之助がねずみ屋にやって来た。

「どういうこと」

お市は信じられないという顔で首を振った。

「よく知らねぇよ。ただ、留吉は無実だったってこと」

伊之助はお市に向かってそう言った。

おゆうを連れてきたのかと思うと、信じられないことに留吉もおゆうもお咎めなしで解き放つと言う。

そして解き放つ前に、お市に奉行所に来いというのだ。

確かに解き放たれて、おゆうがどこかに行ってしまったら、えらいことだ。

おゆうは伊之助とともに、奉行所へ急いだ。

奉行所に入ると、すぐに小さな部屋に通された。

仁杉が腕組みして縁台に腰掛けている。その前に、留吉がひとり神妙な顔つきで座っていた。

「どういうことなんですか」

お市が言うと、仁杉が言い返した。

「どうも、こうもねぇ。こっちが聞きたいくらいだぜ」

「何をです」

「こいつ、引き込みましたって自白したのか」

「えっ」

お市は一瞬何も言えない。

「居なかったんだとよ」

仁杉は留吉を見た。

「あの日の夜、店には居なかったって言ってる」

「そ、そうなんでさ」

留吉が情けない声を出した。

「冗談じゃない。十五年も前のことだから、何言っても、とおると思ってるのよ」

お市が言うと、留吉が大きく首を振った。

「ち、違う、そんなことない……」

「証拠があるの」

お市が問い詰めると、留吉ではなく、仁杉が声を出した。

「あるんだ」

「えっ。十五年も前なのに」

お市の声に、仁杉は深く頷くと立ち上がった。

「佐賀町の木戸番夫婦がいてな。十五年前の夜、こいつがずっとその木戸の所に立っていたことを証言した」

「十五年前のはっきりした記憶があるの」

「ああ、今も夫婦で木戸番をやってる。ふたりともまだ四十だ。その頃から、木戸番をやっていた。そして室戸屋の手代、留吉の顔はよく覚えていてな。さっき行って来たが、こいつの顔、見間違えなかった」

お市は首を振った。

「そんな証言、信じられない……」

「それだけじゃねぇ、記録もあった」

「記録って」

「日誌をつけてるんだ。ずっと。十五年前の所に書いてあったよ」

「後から書き加えたとか」

「紙も墨も、他のところと何も変わりねぇ。十五年分、古びてる。おまけに……」

仁杉がそこでお市の顔を見つめる。

「……奉行所にも記録があった」

「本当ですか」

「ああ、事件帖の中にあった。『手代留吉は、夜半、木戸番前にずっといたと証言あり』

と書いてあった」

「忘れてたの」

「あのな、俺はこの事件を受け持ってねぇんだ」

「はっ」

お市は息を吐いた。

「でも、おかしいわね」

お市は留吉を見た。

「あんた、なんでそんなことしてたの。おかしいじゃない。木戸の前にずっと夜中立っているなんて……」

「か、駆け落ちだったんだっ」

留吉が必死の声を上げた。

お市は声を出していた。

「まさか」

「はい、おゆうさんと」

留吉の声に、お市は首を何度も振った。

「おゆうさんが言ったんです。今夜やるから、その木戸前で待っていてくれと……」

お市はそれでもまだ尋ねた。

「でも、それなら、木戸のところで合流したんでしょ。だったら、その記録がないとおかしいじゃない」

「いや、それが、結局明け方まで待っても来ませんでしたので、そういう時はと前もって言われていた千住の木賃宿に行きました。それで次の日の夕刻、おゆうさんが来ました……」

お市は呆然としていた。

盗賊の押しこみも、引き込み役も、赤犬の紋十郎一味も関わり無かった。

偶然、盗賊の押しこみと若い男と女の駆け落ちが同じ日になっただけ。

突然、万七の声が聞こえた。

〝お市、この世の中には驚くほどの偶然ってのはないわけじゃねぇ。ただし、それはやっぱり、偶々《たまたま》なんだ。そうそう、あることじゃないんだってことは、頭に入れときな〟

いきなりお市の頭に、ある疑念が浮かび上がった。

「旦那、おゆうさんはあたしが連れて行きますね」

「ああ、どうぞ。その為に、呼んだんだ」

仁杉は素っ気ない声を出した。

「以後はもうちょっと早合点なしでお願いするぜ」

仁杉の嫌味の効いた声が聞こえる。

「そのことなんですが、少し考えがあるんですけど」

「これから行くって言うの」

おゆうは道を歩きながら、お市に尋ねた。

南町奉行所から八丁堀を抜けて、更に永代橋をわたり、深川に入った。

「十五年ぶりでしょ。懐かしいはず」

「そうね」

「もっとも、拐かしじゃなくて、駆け落ちだったなんて」

　お市が言うと、おゆうはにやりとした。

「若かったからね。留吉も本当に良い男でね。でも、昨日で愛想がつきた。なに、あれ、情けないったら、ありゃしない」

「折角駆け落ちまでして、十五年も連れ添ったのに」

　お市が尋ねると、おゆうがお市を見た。

「あんた、いくつ」

「十九」

「はは、なら分からないね。若い時って馬鹿なことやっちゃうの。十五年経って、やっとその馬鹿さに気づくのよ」

「へええ、そうなんだ」

　お市はおゆうの方を振り返った。

「盗賊の引き込みもね」

　おゆうの顔が凍りついた。

「な、何を言ってるの」

「あなたでしょ。赤犬の紋十郎一味を引き込んだの」

　おゆうは黙ったままだ。

「あたし、てっきり留吉だと思ってた。でも、そのとき、ずっと外にいたのよね。あなたの指示で。懇ろになった留吉が疑われることのないように、あらかじめ店から出しておいた。賢いね。十五年経ってもそのことが留吉を守った。実際に駆け落ちして会ったのは翌日だもんね。つまり駆け落ちの為に木戸前に行かせたんじゃない。確かに事件に関わり無いと明らかにするため」

　お市は微笑した。

「泣けるわね。男を守る女の情……でも、てことは、その日、事件が起きることを知っていたってことよね」

　つまり――それは、赤犬の紋十郎一味ということ。室戸屋の中にいた引き込み役はおゆうということになる。

「ば、馬鹿言わないで」

「しかも留吉だけでなく、己もきちんと守る。拐かされたことにしておけば、まさか引き込み役だなんて誰も思わない」

　おゆうは何も言わない。

　お市の声が厳しくなる。

「あなたなら、木戸の門はもちろん、たとえ蔵の鍵でも盗ることもできる。安兵衛さんの寝所に入っても怒られないだろうから」

　お市は大袈裟に首を振った。

「その日に駆け落ちできなかったのは、一旦拐かされたことにする為に紋十郎たちと出て行かなければならないからね。そして分け前も貰うためにも」

お市の声が少しおどけた。

「いくら貰ったの。自分の親の金」

「はははは」

おゆうがいきなり笑い出した。

「あははは、ああ面白い。あんたの作り話には感心したわ。ただ、悪いけど、それ、全部、想像でしょ。とにかく、与太話に過ぎない」

おゆうが勝ち誇ったように言う。

お市が落ち着いて返す。

「あたしの仕事は、あなたを安兵衛さんのところへ連れて行く。それだけ。引き込みも、盗賊も、どうでもいい」

「そうなの」

おゆうは短く言うと頷いた。

「どうしても会わせたいみたいね」

お市は深く頷いた。

「安兵衛さん、もうここ、一日、二日しかもたないの」

おゆうの顔が厳しくなった。

「お願いだから、一目会って、声を掛けてあげて……もちろん、今の話なんかしないであげる。死ぬ前に安心させてくれれば、それでいい」

「そうしたら、引き込みのことや、押しこみのことは、黙っててくれる」

「だって、あたしの勝手な作り話なんでしょ」

「そうね。分かった」

おゆうは満面の笑みを見せた。


永代橋を渡ると、すぐに安兵衛の長屋についた。あまりのあばら屋におゆうは愕然としている。

「安兵衛さん」

お市は戸を開いた。

「おお、お市」

正吉が布団に横たわる安兵衛の傍にいる。横で医者が看病していた。

「もう、いけねぇ」

正吉が泣きそうな声を出した時、おゆうが入って来た。

「おゆう！」

正吉は飛び上がらんほど驚いた。

「連れて来てくれたんだな！　お市」

正吉はお市の顔を見て感激すると、寝ている安兵衛に向かった。ほとんど意識はないようで、苦しそうに息をしている。

「安兵衛、おゆうだよ。おゆうが戻ってきたぞ！」

正吉が叫んだ。

「おゆうさん、早く」

お市の言葉に促されて、おゆうは上がった。

安兵衛がうわごとのように言う。

「お、おゆうか。おゆうなのか」

「ああ、間違いねぇ、おゆうちゃんだ」

正吉がそう言って、おゆうを見た。

「ほら、おとっつぁんの前で、何か言ってくれ」

おゆうは安兵衛に近づくと手を握った。

「おとっつぁん、おゆうよ」

「ああ、ああ……」

おゆうの言葉に安兵衛が苦しそうにしながら頷いた。

「御免ね、勝手に出て行って……」

安兵衛の目から涙が流れ出たのと同時に、がくっと力が抜けた。

医者が慌てて脈を診たが、しばらくして首を振った。

お市は、はっとして少しだけ前に出た。

しかしそれに気づかずおゆうの言葉は続く。

「あたし、あたしは――店が嫌いだったの。おとっつぁんが嫌いだったの！」

おゆうが絶叫した。

正吉も医者も唖然としている。

おゆうは続ける。

「いつも、金、金、金であたしのことなんか、何も分かってなかったじゃない。とにかく稼ぎの良い男に嫁がせるんだって考えを押しつけてくるばかりで――あたし、拐かされたんじゃないの。留吉と駆け落ちしたの。おとっつぁんが大嫌いだったから。それでね、引き込み役もやったの。お金ほしかったから」

「な、なんてこと」

正吉の戸惑いを尻目に、おゆうは狂ったように笑っている。

「あはは、今、わかったでしょ。あたし、おとっつぁんを苦しめたかったの」

「なんて女だ」

正吉が叫んだ。

「おとっつぁん、聞いてる。あたしが盗賊引き込んだの！」

おゆうは再び笑い出した。

「もう、いいだろ」

戸が開いて、仁杉と伊之助が入って来た。

伊之助がおゆうを土間に下ろして、縄をうつ。

その間もおゆうは狂ったように笑う。

「あたしが引き込んだの！」

お市は黙って、佇んでいた。

ねずみ屋にやってきた仁杉が腕組みをしたまま土間に立っている。横に伊之助もいた。

「十五年前とはいえ、あれだけはっきりと言ったんだ。獄門首になるかもな」

「仕方無いですね」

お市は頷いた。

「お市、お前、どうして分かった」

「何のことです」

仁杉は鋭い目をした。

「あそこで最後におゆうが自白するって。普通はしゃべらねぇ。言った途端に獄門首だからな。ところが話した」

「分かるわけないでしょう」

「いや、分かったから、俺たちを外で待たせたんだろ」

「買い被りです。あたしはまた刺されたりしたら、怖いと思って……」

「お市、だいぶ大人になったな」

「ありがとうございます」

仁杉はさすがに鋭い。

お市は父の最期におゆうがすべてを話すと思っていた。

——おゆうにとっては、獄門首より、己の恨みつらみをぶつけないまま安兵衛が死ぬことの方が恐ろしかったのだ。

「まあ、いいや」

仁杉は伊之助を促すと、ふたりで出て行った。

——万七さん、これでよかったのかな。

いつも聞こえる万七の声が聞こえない。

「黙ってちゃ分からない」

お市の胸にこみあげるものがある。

この世には父を憎む娘がいる。

でも、あたしはきっとおとっつぁんを愛していたし、おとっつぁんもあたしを愛していたはず……

お市はいつのまにか目に浮かんだ涙を拭いた。

——ひとりでやっていくんだよね。

その途端、戸が開いた。

「お市」

正吉が入って来た。

「このたびはすまなかった」

「いえ、後味の悪いことになってしまって」

「まあ、色々あったが、とにかく最期、父娘が会えたんだからよ。よしとしようや」

正吉は己に言い聞かせるように言うと、包みを出した。

「残りの二分だ。ありがとよ」

「こちらこそ。ところで……」

「なんでぇ」

「今月の店賃はいいんですよね」

「なんでぇ、それ」

「だって、今回のことがうまくいったらって。正吉さん言いましたよ」

「いや、覚えてねぇな」

「そんな」

「俺は店賃で食ってるんだ。その命の綱はおまけできねえ」

それだけ言うと、正吉は出て行った。

戸が大きな音を立てて閉まる。

「何、それ。元の正吉さんに戻っちゃった」

ただ、正吉の言葉に救われた気がしている。

きっと色々な父と娘がいる。

あたしには血の繋がった父親と、育ててくれた父親がいるように。

——まあ店賃はいいか。

お市は微笑むと、手に持った包みから、二分銀を出すと手文庫に入れた。

その時、ふっと万七との喧嘩のことを再び思い出した。

一旦、外へ逃げたお市だが、夜も更けてもちろん行くところなどなく、結局、家に戻ってきた。

戸をそっと開けると、万七は土間に座っていたが、すぐに立ち上がった。

——叱られる。

そうお市が思った時、立ち上がった万七はお市をしっかりと抱きしめた。

「待ってたぜ」

お市は何も言えなかった。

「馬鹿野郎、馬鹿野郎」

お市はもう声をあげて泣いていた。

「ごめんなさい、ごめんなさい」

万七の目にも涙が浮かんでいる。

「もう、俺をひとりにしないでくれよ」

万七はそう言って、お市を再び抱きしめた。

お市の頭にふとその時の感触が蘇った。

「万七さん……」

お市は外に出ると、しばらく空を見上げていた。

第二話　姉弟孤独

一、

「ああ、良いお天気だこと」

朝、往来に出たお市は空を見上げながら、つぶやいた。

まだ日は昇ったばかりだが、きらきらと輝いて、辺りを照らしている。

「何日ぶりかしら」

お市はそう言いながら、しばらくお天道様を見上げていたが、やがて自然に、両手を合わせて拝んでいた。

「万七さんを殺めた男が見つかりますように」

刺し殺されて大川端に上がった万七のことは、片時も忘れたことはない。

こうしてよろず屋の跡を継いで、色々な頼まれ事を引き受けて、何とかこなしてきた。

――でも、万七さんの件を解決しない限り、本当に跡を継いだことにはならない。

お市はいつもそう思っていた。

しばらくして、頭をあげると、首を振った。

「こんないい天気の日に頼むことじゃないかもね」

お市はもう一度空を見上げた。

くっきりとした青空には雲ひとつなく、お天道様がでんと構えて、一面晴れ上がっている。

お市はくるっと背を向けて、入口の前に立った。

そして正面から「よろず頼みごと　ねずみ屋」の欅の看板を見る。これも朝の習慣のひとつだ。年輪を重ねて良い色あいになってきている看板だ。お市は袖で埃を払うと、もう一度真正面から眺めると、家へ戻った。

そして土間を通って、手前の四畳半の部屋に上がり、長火鉢の向こうへと座った。万七がいつも居た場所だ。

そうして、しばらくじっとしている。

そうすると不思議なもので、座布団から万七の温もりが伝わってくるような気がしてきた。

そうしながら、お市は夜中に見た夢を思い返していた。

――最近は毎晩のように出てくるな。

死んだ両親のことである。このところ、三日と置かずに、夢の中に出て来ていた。とはいっても、夢の中では、両親とも顔を見せない、いや、正確に言えば、顔が見えないのだ。他は見えるのに、いつもふたりの顔だけは、黒く墨で塗られたようになっていて見えなかった。

お市自身、両親の顔は知らない、いや、思い出せなかった。八歳の時、目の前で両親が殺されるのを見た記憶は、鮮明なまでに目に焼きついている。ふたりが、眼前で死んでいった姿は忘れられない。

ただし、顔だけがどうしても思い出せない。その日から、お市の両親は顔が見えないまま、夢に現れるのだった。

――何か、呼ばれているのかな。

毎晩のように、夢の中に現れる両親は、いつも苦しそうに、のたうちまわりながら、近づいてきた。そして、お市の名を何度も呼ぶのだった。

まるでお市に助けを求めるように。

お市は、さっと立ち上がると、土間へ降りた。そして気分を変えるかのように、水瓶から柄杓で水を汲むと、一気に呑み干した。

「ふう」

お市は大きく息を吐くと、今度は釜の中を見た。

空っぽである。

それは隣に並んだ米櫃も同じだった。

「朝飯はお水だけ」

そう言いながら、水瓶の中をのぞくと底が見えている。

「て、ことは……何、こっちも買わなきゃいけないの……」

お市は今度は大きなため息をつく。

「はあ」

江戸の町は上水道が整備されており、飲み水はたやすく汲むことができた。ただし、それは隅田川より西のことであり、この深川や本所には水道は来ていない。井戸を掘って出る水の質は悪く、とても飲めたものではない。

従って、この辺りに住む者はみな、水屋と呼ばれる商売人から水を買っていた。隅田川より西の上水のある地域で余った水を、水船という船に載せて売りに来ていたのだ。

「確か、一荷、四文だっけ」

水屋は天秤棒の両端に、それぞれ水の入った桶を吊して売りにくる。その二つの桶をまとめて、一荷と言った。

お市は慌てて、財布を取り出した。財布と言っても、ただの布袋だ。そして中を確かめようとしたその時、もう随分くたびれているが、紺地に赤い線が入った布地をじっと眺めていた。

――親から貰った物……

貰った記憶は無かった。

両親を亡くした八歳の時、この家にいて当時は岡っ引きで大親分だった万七に引き取られたのだが、その時に持っていたと万七から聞いている。

「お市、親がくれた物だ。いいか、大事に使うんだぜ。形見なんだから」

万七はこの財布を見る度に、何度もそう言った。

万七が生きてる間は、ほとんど使うことは無かった。

「お市、金のことは触れるな。俺が全部みるからよ」

万七はそう言って、金のことはお市には関わらせなかった。もちろん、何か入り用の時は、都度都度渡してくれたので、金が無くて辛い思いや、ひもじい思いなどを決してお市にさせることはなかった。

「結構、苦労していたのかも」

お市は微笑した。

常盤町の万七として、大勢の子分を引き連れて深川から本所一帯を仕切っていた頃は、本当に大親分だったから、実入りも悪くなかったはずだ。

しかし本人の言う「しくじり」で十手を返してからは、今、お市がやっている「よろず屋」として町の人の依頼を引き受けて暮らしていた。

もちろん、元大親分で、依頼はひっきりなしにあったから、今のお市ほどに困窮したことはさすがにないだろう。

ただ、己が引き継いでやってみると、傍から見ていたのとは大違いだ。万七といえども苦労はあったのが分かる。

「まあ、あたしとは比べ物にならないだろうけど」

お市は土間に立ったまま、もう一度ため息をついた。

「水とか、米は、さすがに無いと困るし。月末も近づいているし……」

生きて行かねばならないのだが。

「はあ」

お市は三度、ため息をついた。

「御免よ」

戸が開いて、若い男が入って来た。

「あら、いらっしゃい……はっ」

お市は構わずに、元居た四畳半へと上がった。

「なんでぇ、挨拶もなしか」

「誰があんたになんか」

お市は座りながら、戯けた声を出した。

「それとも、あら、白粉の伊之助の旦那、とでも言われると思ったの」

「ちっ」

伊之助は鼻を鳴らすと、舌打ちをした。

元は万七の子分であり、その縄張りの一部を受け継ぎ岡っ引きをやっていた。白粉という二つ名は、まるで白塗りをした役者のような色白の顔だからだ。女受けする顔とも言えるが、お市は反吐が出るほど嫌っている。

もちろん子分だった頃は、この家に毎日出入りしては働いていたので、お市も子どもの頃からよく知っている間柄だ。

――万七さんから、縄張りを奪った奴。

お市から見ると、そうとしか見えなかった。

伊之助は水瓶をのぞいた。

「あれ、何だよ。水もねえのかよ。喉が渇いたってのに」

「あんたに飲ます水なんか、あるわけないでしょ」

「へん、俺どころか、てめぇが飲む分もねぇじゃねえか」

と、そこで伊之助の口調が変わった。

「もしかして……困ってるのかい」

「なに、心配してくれるんだ」

お市は伊之助を見た。

「ありがた迷惑ってのは、こういうことだね」

お市が毒づくと、伊之助はにらんだ。

「違わい。このところ、本所辺りで女盗人が出てるんでな……」

「なに、それ」

「まだ若い娘がしょっちゅう物を盗むんだとよ」

お市は、大きな目で伊之助を見据えた。

「あたしがやってるって言うの」

「そ、そんなことは言ってねぇ。本所の方だしな。大体、年が違う、むこうは、十五、六の娘っ子だ」

「じゃ、あたしじゃないにきまってるじゃない」

「俺が言ってるのは、そういうこっちゃねぇ」

伊之助の顔が真剣になる。

「貧すれば鈍するって言ってんだ」

「ああ、ご忠告、涙が出てくる」

お市は目をこする真似をした。

「見てない間に、消えてくれる」

「ちっ、次来る時は、食い物を持って来てやるよ」

伊之助は戸を開けると出て行った。

再び、静けさが部屋に戻る。

「何、偉そうに」

しかし伊之助の言葉も満更、他人事でもない。

お市はまたため息をついた。

万七の言葉が聞こえる。

〝お市、二進《にっち》も三進《さっち》もいかねぇときほど、暗くなるんじゃねぇぞ。ため息なんかついてると、いよいよ、駄目になる。そんな時ほど、無理にでも笑うもんだ〟

お市は無理矢理に、口角を上げた。

その時、外から声がした。

「御免よ。仕事を頼みてぇんだ」

今度はお市の顔に本物の笑みが浮かんだ。

「どうぞ上がってくださいな」

お市はそう言って、己はいつも万七が座っていた長火鉢の向こうに腰を下ろした。

「邪魔するぜ」

入って来たのは、三十過ぎと見える男だった。細面の色白の男で、お市は最初、伊之助に似てるかもと思ったほどだ。ただし体も細く、どちらかと言うと優男だ。

身なりはそれなりに小綺麗で、何か商売でもしているのだろう。

「よろず何でも引き受けるって聞いてきたんだが、こんな別嬪《べっぴん》とはな。毎日でも、頼み事に来てぇくらいだ」

「ええ、毎日でもどうぞ」

お市は男の言葉をいなしながら、尋ねた。

「で、とりあえず今日はどんな事でしょうか」

「ああ、そうだったな、俺は辰次《たつじ》って言う」

辰次の顔から笑みが消えた。

「子どもを捜して欲しい」

お市の顔も自然強張る。

「弟と姉のふたりだ」

「ふたりですか」

「ああ、一緒にいなくなった」

「拐かしですか」

辰次は首を振った。

「そんな大層なもんじゃねえ……と思う。上は十五、下は少し離れて八つ。それが一緒に……」

辰次はそこで一旦話を止めたが、再び話しだした。

「家出したんだと思う」

お市は黙って聞いている。

「家出ったって、そんな遠くへ行けるはずがねぇんだ。だって、そうだろ十五の小娘が、てめぇひとりならともかく、弟連れて、どうやってやっていくってんだよ……」

辰次の声が高くなる。

「落ち着いてください」

お市が言うと、辰次は何度か首を振った。

「ああ、いけねぇ。そうだな……」

「ふたりの名前、何て言うんですか」

「姉がお松《まつ》、弟が山吉《やまきち》って言うんだ」

辰次はそう言うと、お市を見た。

「三日前の夕刻から出て行ったきりだ……」

「そんなになるんですか」

「ああ、色々捜したが、どうしても見つからねぇ。こりゃ、素人じゃ無理だと思って、頼みに来たって寸法よ」

「奉行所には」

「当てにならねぇ」

辰次はそう言うと横を向いた。

――あんまり、関わり合いになりたくないのかな。

ただ、奉行所より、お市の方が当てになると思ってくれたのは、少し嬉しかった。

――万七さんが聞いたら、喜ぶかもね。

「身代金とかの要求は」

「いや、そんなものはねぇ。大体、払える金なんてねぇし」

「分かりました。心あたりは」

「家出したんだ」

「どうしてわかるんです」

お市の言葉に、辰次は仕様が無いという顔をした。

「前から、何度かあったんだ。お松とは、おれがあんまり合わないもんでな。喧嘩ばかりしていたんだ」

「前は、帰ってきたんですね」

「ああ、そうだ」

「どれくらいで」

「そうだな、短い時は次の日、まあ、長くても二日ほどで帰って来た……」

辰次はお市を見た。

「そんな娘ひとりじゃ、どうにもならないってことは分かってるだろうに。おまけに、今度は山の奴まで連れ出しやがって」

辰次の顔が怒りに満ちている。

「八つの子どもを連れ出すなんて、いくら姉でも、許せねえ。しかも、山は昔から心の臓が弱くてよ。なんかあったら、どうするってんだよ。えっ、なあ、あんただって、そう思うだろ」

辰次が急に怒りだしたことに、お市は内心少し驚いていた。

「怒ってる奴からは、まともに話なんか聞けねぇ。少しさましてからにするんだ」

万七の声が聞こえた。

「落ち着いて」

お市はそう言って、しばらく間を置いた。

「弟さんは体が弱いのですね」

「ああ、そうなんだ」

辰次の顔がようやく元の様子に戻る。

「それで、出て行った日のことですが、何か喧嘩になったんですね」

「ああ、そうだよ。言い合いになったかと思うと、山吉の手を引いていきなり飛び出しやがった」

「どんなことで言い合いになったんです」

「そんなこと、覚えちゃいないよ」

辰次は目をそらすように、横を向いたが、また視線を戻した。

「とにかく喧嘩になっちまった」

「全然、覚えてないんですか」

「いつも、そうだからさ」

「まさか、何か隠してませんよね」

「隠すって、何を……」

辰次の目が泳いでいる。

お市は首を振った。

「隠し事がある方の依頼は受けられません」

お市の凜とした言葉に、辰次の顔が歪んだ。

「な、なんでぇ、偉そうに。別によそ当たってもいいんだぜ……」

「どうぞ。ただ、その辺にそうそうある商売じゃありませんよ」

「足下見るのか」

お市はもう相手にする気もない。

「お引き取りください」

お市が戸口を指した時、辰次が声をあげた。

「分かった、分かった、話すよ。話す」

辰次は仕方無いという顔つきで、座り直した。

「さすが、岡っ引きの娘だけのことはあるな」

どこで聞いたか辰次はそう言うと、座り直した。

お市ももう一度、辰次に向かった。

「ふたりは実の子じゃ、ねぇんだ」

――やっぱり。

あり得ないとは言えないが、十五の子どもがいる父親にしては若いと思っていた。

「去年、引き取ったんだ」

「どこから」

「上総に親戚がいてよ、ところが両親とも亡くなって、親戚は俺だけってことでな。それで、江戸に連れて来たんだ」

「そうですか」

言いながら、お市は万七のことを思い出していた。

万七さんは、八つの時から十九になるまで育ててくれた。

そしてその間、そんな何日も家出なんかしたことない。いや、万七のことが好きで好きで仕方無く、少しでも家にひとりにされると哀しかった。

――それが、こんな親子もいるんだ。

「俺は本所の入江町ってとこで煙草屋をやっている。古沢屋《ふるさわや》って屋号だ」

お市は頷いた。

「女房と一緒にやってたが、四年ほど前に、どっかへ行っちまってな。以来ひとりだった。それで、寂しくてな」

辰次はそう言うと、少し切なそうな顔になった。

「ふたりを引き取ったってわけよ」

「分かりました」

お市は頷いた。

「ふたりの行きそうなところって……」

「知ってる限りは全部当たったさ」

辰次がお市の言葉をさえぎって話した。

お市はふうと息を吐いた。

「他に何か手掛かりは」

辰次は懐から、二枚の紙を取り出した。

「いわゆる、人相書きって奴だ」

姉のお松、弟の山吉、それぞれの顔が描かれている。

「知り合いの絵師に描いてもらったんだ。もちろん、きちんとお代は払ってな」

お市は二枚の絵を、しばらくじっと見ていたが、やがて顔を上げた。

「これはお預かりしても、いいですか」

「ああ、いいけど、返してくれよ」

お市はそこで辰次を見た。

「今日から捜しますが、家出人は、まず見つからないのが相場です。どこかの店で働いていたり、売られていたり、それも江戸の中ならともかく、上方や上州なんかに行ったら、もう、難しい」

「それをやるのが、あんたの仕事だろ」

「ええ、一生懸命はやりますが、見つかるという保証はありません」

「ちっ、しようがねぇな。やる前から、そんなんじゃ、困る」

「では、やめますか」

お市の言葉に、一瞬、辰次は絶句したが、すぐに首を振った。

「頼むしかねぇんだ」

「承知しました」

辰次が立ち上がりそうになる。

「あっ、お代ですが」

「ああ、そうだった。いくらだい」

辰次は再び腰を下ろすと、財布を取り出した。

「最初に二分、見つかったら、もう二分です」

「なんでぇ、随分、取るんだな」

辰次は不満そうな顔で、二分銀を長火鉢の縁に置いた。

「他に聞いておくことはありませんか」

「お松はともかく、山吉はさっきも言ったように、病を抱えてるんだ。くれぐれも気をつけてくれよ」

お市が頷くと、今度は辰次は本当に立ち上がって土間へ降りた。だが、ぐずぐずとこちらをじいっと見ている。

「何か」

「それ……」

よく見ると、辰次の目はお市の顔でなく、髷を見ているのが分かった。

「えっ」

「いや、なんでもねぇ……頼んだぜ」

辰次は表に出ていった。

「何、今の」

ちょっとやに下がったようなところがある男だから、お市の気を引こうとでも思ったのだろうか。

「まあ、ありがたいとしておくか」

お市は残された二分銀を見た。

「これで、しばらくはもつね」

お市は拝むようにして二分銀を握ると、財布に放りこんだ。

二、

「入江町って言ってたな」

辰次が来た翌日の朝、いつものように小豆色の打飼袋を背負うと往来へ出た。中には昨日貰った金で買えた米で作った握り飯が二つと、水を入れた竹水筒が入っているのも、いつものことだ。

常盤町にある家を出ると、森下町そして林町から竪川沿いに歩き、更に徳右衛門町に入り、途中三ツ目之橋を渡って本所側に入ると、北辻橋の手前を左に曲がると、そこは入江町だ。

もう日はかなり高くなっており、往来は人どおりが多い。

「あそこか」

入江町を北へ歩くうちに、すぐに古沢屋という看板が見えた。

間口こそ狭いが、結構な人が入っており、なかなかの繁盛ぶりだ。

「ふーん」

お市はそのまま、店の前に出た。

手代がひとり居て、売買はすべてその男が仕切っている。注文を請けて、きざみ煙草の重さを量り、そして金を交換に渡していく、その一連の作業がよどみなく続いていく。

その後ろで、辰次の顔がちらりと見えた。辰次はひたすら大きな包丁で煙草を刻んでいく。白菜の葉のような大きな煙草の葉が、ほとんど髪の毛の細さほどまで刻まれていくのはさすが職人技である。お市の姿に辰次が気づいたかどうかは、お市には分からない。

「さて、どうしたものか」

人捜しは万七がやっていた頃から、結構な依頼があった。

中には拐かしもあり、身代金を持った万七が、子どもを受け取りに行ったこともある。

もちろん、万七は金を渡して、子どもを取り戻しただけでなく、下手人も追ってすぐに捕まえていた。

そういうものから、女房が逃げたとか、金を貸した相手に夜逃げされたとか、娘が駆け落ちしたとか、様々な仕事を万七は受けていた。

そして子どもの家出も、やはり何件かあったのを覚えている。

〝お市、子ども、とくに十五、六くれぇまでの子どもってのは、仲間がいるんだ。小さい頃からの仲間ってやつだ〟

万七はそこでにやりとした。

〝とにかく、そういう仲間とつるんでいるのが、子どもって奴だ。だから、そこを捜せばいい〟

お市は頷いた。

近くを歩きながら、十五、六歳くらいの子どもを探す。

といっても、普通の子どもはこの際、相手にしない。少しやんちゃな子どもを探すのがいい。

お市は髷に差してある簪を確かめた。ジーファーと呼ばれる琉球簪で、普通の簪より、圧倒的に長く、しかもお市は先を研いで尖らせていた。髷にも三本、そして懐にもいつも何本か忍ばせている。

お市は頷くと歩き始めた。

道端にたむろしている若い男が何人かいる。

お市は近づくと愛想笑いをして、お松と山吉の似顔絵を見せた。

「ねえ、誰か、この子たち知ってる」

男たちはあまり見もせずに、みな首を振る。

「もうちょっと、ちゃんと見てくれない」

「よう、それより、お前の顔、もう少し近くで見せてくれよ」

「見せるほどのものじゃないよ」

お市はそう言って、もう一度、似顔絵を見せる。しかし、男たちの表情は変わらない。

「ありがとう」

男たちが何やら卑猥な言葉を投げつけてくるが、お市はそのまま歩き出す。

少し歩くと、今度は十五くらいの女が三人いた。

「ねえ、この子たち知ってる」

三人の女は何も言わず、お市の顔すら見ない。

「聞いてるんだけど」

「うるさいな」

ひとりの女がお市をにらむ。お市は微笑した。

「口がなってないね」

お市の態度が気に障ったのか、女がお市につかみかかってきた。

「こいつ」

しかしお市はあっさりと体を入れ替えると、女がそのままつんのめってひとりで地面に倒れてしまう。

お市は残りのふたりを見た。

「このふたりなんだけど」

お市が似顔絵を見せても、女はふたりとも首を振るだけだ。

「はあ」

お市は倒れた女の手を取って抱え起こすと、歩き始めた。

そうして、ふらふらしてる十五歳前後の若者に片端から声を掛けたが、一向に手掛かりがつかめない。

お市は首を振って次に向かうしかなかった。

しばらく行くと、小さな古びた寺があった。外からのぞいても、山門や境内には参拝の人が何人かいるだけで静かなものだ。

お市はそのまま行き過ぎようとしたが、人の声に気づいた。

——若い奴らが大笑いしている。

お市はすぐに周囲を見た。寺の壁に沿って小道がある。壁と反対側は木に囲まれていて、中は薄暗い。

「はっははあ」

大きな笑い声が聞こえて来た。

お市は中へ進んだ。

「ひ、ふ、み、よー、五人か」

少し入ったところに、十五、六かと思える若者が、見えた。

ひとりは女のようだ。着物を着崩しているが、夜鷹には見えない。

「何だよ、結構頑丈だな」

男のひとりが言いながら、棒きれで大きな木箱のような物を打ち据えている。何度も、何度も叩く。

「交替だ」

しばらくして、別の男が棒きれを受け取った。

そうして何人かの手に棒きれが廻ったところで、箱が壊れて崩れた。

連中が一斉にその箱の中をのぞく。

「何だよ、これっぽっちかよ」

ひとりの男が銭をつかんだのが見えた。

「ちっ、しけてやがらあ」

「坊主もたいしたことねぇな」

男たちはみな口々に文句を並べている。

「こんなんじゃ、着物どころか、足袋も買えないよ」

女が男に食ってかかる様子が見えた。

「知るかよ」

男が吐き捨てた。

——罰当たりね、賽銭箱を盗んできて壊してる。

お市は真っ直ぐに進んだ。

「ははは……あれっ、何だよ、おい」

男の中でも一番背の高い男が、お市を見た。

「見かけねぇ顔だ」

男は、それでも嬉しそうな顔になる。

「おい、お前、遊びに来たのか」

「そうね。それもいいかもね」

四人の男は、みなにやにやしている。女だけ敵意の目だ。

「何だよ、こいつ」

女はお市に向かって、石を投げた。

「くそ」

お市は間一髪で避けると、女を見た。

「危ないわね」

「うるさい」

女がもう一つ石を握った時、隣にいた男が止めた。

「お糸、やめとけ。この姐さんの言うとおりだ。危ねえよ」

男はそう言うと、お市を見た。

「だよな、姐さん」

「そうね」

お市は男の傍へ行くが、男を無視して女の前に立った。

「何よ」

女は突っかかるような声を出した。

「この子たち知らないかな」

お市は似顔絵を女に見せた。女の目が似顔絵に行った瞬間、その顔が強張った。

女は慌てて横を向く。

「知らないよ」

「姐さん、お糸のことはいいよ。それより、こっちへ来いよ……」

男がお市の腕を取ろうとすると、お市はさっと腕を引いた。そしてお糸に向かって、もう一度言う。

「ここより、少し話のしやすいところへ行こう」

お糸がにらみつけるが、お市は構わない。お糸の腕をつかんだ。

「なにすんのよ」

お糸が声をあげた時、横の男が立ち上がった。

「姐さん、聞こえねぇのかい。こっちへ来いって」

男がお市の腕をつかんだと思った瞬間、お市は逆に男の腕を返して逆手を取った。

「痛い、痛い」

お市がそのまま男の背を押すと、道に顔から落ちた。

男が顔をおさえて、道端に転がっている。

「あっ、ごめんなさい」

お市はそう言うと、お糸の腕を取った。

「行くよ」

倒れた男を見たばかりで、お糸は素直に従った。

「おい、何しやがんだよ」

一番背の高い男の顔が凶悪なものに変わる。他のふたりも、黙って立ち上がった。

背の高い男が、お市の肩に手をかけようとした時、お市はその腕を取ると、いきなり今度はそのまま投げた。

「おわっ」

油断していたのか、男の体は綺麗に前に回って道に叩きつけられた。

残りのふたりの顔が青くなる。

「じゃ、お糸ちゃんだっけ、行こう」

お市はお糸を引っ張るようにして、歩き出した。お糸の顔は歪んでいる。

「ど、どこへ行くのさ」

「ちょっとね」

ふたりで歩き出した時、背後で大きな足音がした。

「てめぇ」

さっきの背の高い男が手に棒きれを構えて、走って来て、お市の頭目がけて棒きれを振り下ろしてきた。

お市は横へ飛んだ。細い道で壁にぶつかりそうになったが、何とか避けた。

男は鬼のような形相で、再びお市の頭に棒きれで殴りかかった。

後ろは壁でもう逃げられない。

その時万七の声が聞こえた。

〝いいか、いざとなったら、簪を使うのに、考えてる暇なんかねぇぞ。すぐに、抜いて相手を刺すんだ〟

万七はそこで怖い顔をした。

〝でねぇと、お前がおしめぇだ〟

お市は髷からジーファーを抜くと、向かって来る男の顔に投げた。

男は棒きれを落とすと、顔をおさえた。頬にジーファーが突き刺さっている。

「うぐ」

男は痛みに耐えかねて、地面にうずくまった。

「行くわよ」

お市はお糸の手を握って駆け出した。

時々、へたり込みそうになるお糸を叱咤して、お市は来た方へと走り続けて、気がついた時には業平橋の傍にある大きな寺に行き着いていた。

「これ以上先は行けないね」

お市は周囲を見た。橋を渡っても、大きな水戸様の大名屋敷があるだけだ。

お糸は息をきらして、地面に座り込んでいる。元々、着崩していた着物はさらにはだけて、仕事の後の夜鷹みたいになっていた。

お市はその乱れを直してやる。しかしお糸はきっとにらんだ。

「何で、こんな所まで引っ張って来たんだよ。それに、吉次の顔にあんなことしやがって、ひどいじゃないか」

「だって、そうしないと、あたしは今頃、あの辺にいたからね」

お市はそう言って寺の中の墓地を指した。

「それに、あいつらより、お糸ちゃん、あんたが知ってそうだからね」

「何の話だい」

「この子たち、知ってるよね」

お市は懐から、お松と山吉の似顔絵を出すと、もう一度、お糸に見せた。お糸の顔に、再び動揺が走ったのをお市は見逃さなかった。

「知らない……」

「嘘、顔に書いてある。知ってますって」

お糸は仕方なさそうに口を開く。

「古沢屋の子どもだろ」

「それだけじゃないよね」

「それだけだよ」

お市はその大きな目でお糸を見据えた。

「隠しても無駄よ」

お市は髷からジーファーを抜いた。お糸の顔色が変わる。

——あんまり脅しみたいな真似はしたくないんだけどね。

しかし効果はてきめんだったようだ。

「あ、あんたお役人かい」

「まさか、そっちと年は変わらない、ただの娘だよ」

「じゃ、なんで」

「捜してるの。用があってね」

「そんなこと言って、しょっ引いたりしないよね」

「しょっ引くって……」

お市はお糸の目を見た。

「何か手が回るようなことしたの」

お糸がうつむく。

「正直に教えて」

お糸はしばらく黙っていた。

「かっぱらい……お松ちゃん、家出したから、ご飯が食べられないんだ。弟もいるし仕方なく……」

「山吉ね」

お糸はこくりと頷く。

「お松ちゃんひとりなら、少々ひもじくても我慢できるって言ってた。でも、山吉はまだ小さいから、我慢がきかずに、お腹がすいたよおってずっと言うんだって。だから、畑から野菜を盗ったり、店先から食べ物を盗んだりするようになったって……」

お市は昔、猫の寅の為に魚屋から魚を盗み出したことを思い出した。

――あの件がきっかけで、万七さんに拾われたんだ。

お市はお糸を見た。

「今、どこに居るの」

「それは知らない」

お市はジーファーを持ち直す。

「ほ、本当だよ。ただ、たぶん、この辺りうろうろしてるんだと思う」

お糸は西の方を指した。

「ほら、この辺って、お寺がもの凄くいっぱいあって、あと武家屋敷も多くて、そこに町人も集まってるからね。盗って逃げるのに、一番やりやすいんだよ」

お市は頷いていた。

――確かに、その通り。

吾妻橋の東側、本所の一番北に当たる所には、寺が密集していた。そしてその間を縫うようにして、酒井、松平、細川、松浦といった大名屋敷が建ち並んでいる。

その上、お糸の言うように、中ノ郷瓦町、中ノ郷元町、番場町、表町、荒井町、松倉町などの町も数多くあった。

「その辺りのどこかに居るってことね」

「たぶんだけど……」

お市は話を変えた。

「誰か、頼る人はいないの」

「いれば、かっぱらいなんてするわけないし」

お市はそこでふと尋ねた。

「ね、なんで家出したのかな」

「別に珍しいことじゃないよ。しょっちゅうだったから」

お糸はそう言いながら寺の山門をくぐると、すぐそこにある石段のところで腰を下ろした。お市も続く。

「でも、訳はあるでしょ」

「知らない……あっ、でも、よく言ってた。おとっつぁんが、弟を可愛がり過ぎるって。多分、それが不満だったんでしょ。相手にしてくれないのが」

「ああ、そうか」

返事はしたものの、兄弟のいないお市にはよく分からない。

日が真上から照りつけてきた。

お糸のお腹がぐーっと鳴る。お市はにっこりした。

「お昼にしようか」

そう言ってお市は打飼袋を背中から下ろすと、握り飯を二つと竹水筒を取り出した。

「はい」

お市は握り飯をお糸に渡す。

「いいの」

「もちろん」

「いただきます」

お糸は握り飯をがっと頬張ると、食べ始めた。

――きっと、この娘も食うや食わずなんだろうな。

「ああ、そんなに慌てなくても誰も盗らないから」

お市は、そう言ってお糸に竹水筒を差し出した。

「これ飲んでおちつきなさい」

「あ……は……はい」

お糸は水筒の水を勢いよく飲み干していく。

──若いなあ。

お市は思わず、苦笑していた。

昼飯を食べ終わると、お市は立ち上がった。

「色々教えてくれてありがとう」

お市は打飼袋を背負うと歩き始めようとしたが、振り返った。

「さっきみたいな連中とつるんでても、いいことなんてないから」

「えっ」

お糸は座ったまま、ぽかんとしている。

「じゃあね」

お市は歩き始めた。

──小娘が小娘に偉そうにしちゃった。

そうして西へ向かおうとした時、後ろで声がした。

「あの」

お糸が立っている。

「何か、あったの」

「いえ」

お糸は首をぶんと振った。

「あたしも手伝おうと思って」

お糸は、初めて可愛い笑顔を見せた。

「お松ちゃんのこと心配だし」

お糸の言葉に、お市は頷いた。

三、

「いないね」

お市は首を振った。

さっきまで頭の真上にいたお天道様は西に傾いている。

人の往来は絶えず、侍も多く過ぎていく。

さっきお糸が言っていた辺りのうち、寺が密集している地域を中心にして、お市とお糸はふたりで、お松、山吉姉弟を捜していた。

最初は自信ありげにしていたお糸だが、心当たりの場所がことごとく外れていくと、段々しょげてきていた。

「いない。どこ行ったんだろ」

お糸は泣きそうな顔をしている。

「参ったね」

お市もさすがに疲れて、往来の横にある大きな石の上にしゃがみこんだ。

お糸が言う、心当たりの場所というのは、かっぱらいをして逃げ込む為の路地裏や、空き地、屋敷の裏道などだった。

――おそらくお糸も一緒に盗みを働いていたんだろうな。

お糸が当たる場所は、確かに、若い盗人が走りこんで、追っかけてきた相手をまくにはうってつけのところばかりだった。

――でも、今は弟を連れている……

その時、お市の頭に、八歳の時の己の姿が蘇った。

両親を目の前で殺された後の記憶も、あまりない。ただ、気がついた時には、外をひたすら走っていた。とにかく脇目もふらずに。

そして暗くなって逃げ込んだ先は、長屋の中の空き家だった。雨漏りがひどくて、とても住めないとみなが言って、修繕されるのを待っている部屋だ。

夜になって入ると、そこには誰もおらず、ただ猫が一匹いた。お市が入って行くと、猫は用心したように身構えたが、逃げようとはしない。

「あたしは何もしないよ」

幼いお市が傍によっても猫は逃げない。

お市はそのまま抱き上げていた。

にゃーと鳴いたが、抱かれるままだ。

お市は嬉しくなって、一緒にぼろぼろの破れ畳の上に寝転がった。

「一緒に寝よう」

お市は、もう一度その猫を抱きしめた。

「名前は何て言うの」

猫はじっとしている。

「寅……寅がいいよ」

お市はそう言って、猫を腹の上に載せて自分も大の字になった。すると、たちまち眠りへと落ちていった……

――あの時と同じかもしれない。

ただし、お松の連れているのは、猫の寅じゃない。病気の弟、山吉だ。

走りこんでしばし隠れて、やり過ごすような場所じゃ、山吉の面倒が見られない。

お市は立ち上がった。

「まだ一緒に来る」

お糸はしっかり頷いた。

お市は立ち上がると、今度は近辺の長屋を当たってみることにして、声を次々に掛けていく。

「あの、空き部屋はありますか」

「ああ、悪いな。うちは全部塞がってる……けど、あんたが入るんなら、誰か追いだしても……」

そう答える大家もいれば、

「ああ、空いてるよ。ふたりで住むのかい」

不審そうな顔をしてくる者もいた。

「いや、おとっつぁんに下見してこいって言われて」

お市が言うと、嬉々として見せてくれる。

中に入ってみるが、大抵の長屋はそんなに広くない。せいぜい四畳半と六畳くらいの部屋がつながっていて、その前に二畳ほどの土間があるのが相場だ。

そして押し入れが奥の部屋には大抵ある。

お市は中を丁寧に見るふりをして、押し入れや天井裏までのぞいたりした。

「なんでぇ、えらく慎重なんだな」

大家が聞いても、お糸とふたりで笑顔で誤魔化す。

そうして二十軒も回ると、もう西の空は赤く焼けてきており、周囲の家や往来も橙色に染め抜かれていた。

「どこなんだろう」

お糸がまた半べそをかいている。

「ほら、しっかり」

お市は竹水筒の水を飲みながら考えていた。

「あ、あたしも」

お糸が手を伸ばすが、もう水はほとんど無い。

「あ、御免……」

お市が言うと、お糸は首を振った。

「あそこで汲んでくる」

お糸の指す先には寺がある。

「手水《ちょうず》があると思うから」

お糸は竹水筒を持って走り出した。

「ああ、悪いね」

言いながら、お市の頭にふとある考えが浮かんだ。

「もしかしたら」

お市は周囲を見遣った。そこには色々な寺が密集している。門構えも大きく、檀家も多そうな寺、あまり金を持っていそうにない寺、そして、恐らくもう誰も住職などいないように見える寺、そして完全に崩れ落ちている廃寺など。

お糸が竹水筒に水を入れて戻って来た。

「はい、入れてきたよ……」

「お糸ちゃん、行くよ」

お市は歩き出した。


「誰もいないお寺か」

お糸はそう言いながら、いくつかの寺に入った。

しかし荒れ果てたように見えて、中に入るとちゃんと住職がいたり、お堂などもきちんと管理されていたりした。

「なかなかないね」

お市は首を振った。

——見込み違いかな。

もし廃寺などがあれば、両隣のある長屋なんかよりずっと暮らしやすいし、しかもこれだけ寺があれば隠れるのには絶好だ。

お市はそれでも歩き回った。

やがて静かに夕闇が迫ってきていた。

幸いなことに、月夜の晩で、しかも寺や大名屋敷の提灯のおかげで、まだあまり夜になったという感じではない。

しかし時折、表に提灯も何も出ていない寺があった。

お市は片端から入っていく。そういう寺は中で灯りが点いていることはほとんどなかった。灯りが点いているところは、中で住職や小僧らしき者が居て、修行に励んでいるのが見えた。

そうして次々に寺をあたっていく。

「ここは」

山門前で、お糸が中を指した。

木造の門は朽ち始めており、ところどころぎしぎしと音がする。

草木が生い茂り、参道にも落ち葉が積もっていて、中は荒れ放題だ。

「あっ」

中のお堂に灯りが灯っている。

――明らかな廃寺なのに。

「お糸ちゃん、ここからは危ないかもしれないから。帰りなさい」

「嫌よ。今更。お松ちゃんがいるなら、会いたい」

お糸の顔は真剣だ。

お市はため息をついた。

「あたしから離れないでね」

お糸はしっかりと頷く。

参道を歩いて行くと、落ち葉ばかりのところに、ある部分だけは葉がほとんどない。

――つまり誰かが何度も通ってるってこと。

周囲は暗く、まだずっと先のお堂の灯りだけしか見えない。木々は恐ろしいほどに伸びていて、まるで森のようになっている。

お糸が、お市の袖をつかんだ。

「怖い」

「だいじょうぶよ」

両側から何か化け物でも出てきそうな中を進んで行くと、ようやくお堂の傍まで近づいた。

「誰かいるよ」

「しっ」

お糸の声を制した。

お糸の言葉どおり、声が聞こえる。しかしそれは住職や小僧の類いの声だとは思えない。もっと若く、下卑た嬌声だった。

「ここに居て」

お市はお糸を残すと、お堂に上がる階段をそっと昇り、お堂の扉の隙間から少しだけ顔を出すと中をのぞいた。

——たまり場か。男が全部で六人、あと女……あっ。

お市はさっと体をかがめると、危うく叫びそうになった声を飲み込んだ。

——お松と山吉。

片っ端から、長屋に始まって、寺まで、空いている所を当たった甲斐があった。

——で、どうするかだ。

お松と山吉はともかく、残りの連中だ。

見たところ、さっきお糸と居たようないわゆる茨掻《ばらが》きたちだが、ひとり少し年上の遊び人風がいるのが見えた。

お市はそっと戻ると、お糸に言った。

「いい。あたしが出てくるまで、この木の後ろに隠れてるのよ」

「分かった」

「あたしがいつまでたっても戻って来なかったら、ここからすぐ逃げて番屋に駆け込んで」

「えっ」

お糸の顔が青くなったのが、暗い中でも分かった。

——本当は優しい、気立ての良い娘なんだよね。

「大丈夫。すぐ戻ってくるから」

「怖い」

お市はジーファーをひとつ髷から抜いた。

「これ、持ってれば大丈夫」

お糸はジーファーを怖々受け取り、己の髷に差すと頷いた。

お市は再び、お堂に近づくと中をうかがった。声が大きいので、中の会話は丸聞こえである。

「お松とか言ったな。だから、お前が決心すればいいんだよ」

遊び人風の男が言う。

「そうすりゃ、ここに勝手に入ったことは許してやるよ」

「だって、ここに居ていいって言ってくれたから……」

「なんだ。勘太、そんなこと言ったのか」

遊び人風の男が、横の若い男に声を掛けた。

「いや、そんなこと知らねぇ」

「嘘、言ったじゃない……」

お松が叫んだ時、遊び人風の男が近づいていきなり平手うちした。

「うるせぇ」

横で子どもがしくしく泣く声がする。山吉だ。

「おめえもうるせぇ」

遊び人風の男が、山吉をはたこうとした。

「やめて。この子は体が弱いの」

お松が男の腕にしがみついた。

男はそこでにやりとした。

「なら、お前が落とし前つけるんだな」

遊び人風の男はお松を見据えた。

「いいか、寺ってのは勝手に入っちゃいけねぇんだ。それをお前が勝手に入って、しかも三日も四日も寝泊まりしてたって言うじゃねぇか」

男が他の男を見た。

「なあ、そうなんだよな」

「へ、へい」

　お松と同じくらいの男たちが皆一斉に頷いた。

「何て、罰当たりなんでぇ。ええっ」

　遊び人の男が、お松の顔をつかんだ。

「きっちり、かたつけて貰うぞ」

「かたって何だよ」

　お松が言い返す。

「詫び料だ。お寺様と俺にな」

「なんで、あんたに詫びるんだよ」

「決まってんだろ。ここいらは俺のしまでもあるんだよ」

「知らないよ」

　お松が山吉の腕を取って逃げようとする。

　しかし周囲の男が飛びかかって押さえつけた。

「ううっ、わあん」

　山吉が泣き始めた。

「畜生」

お松が押さえられながら、叫んだ。

「どうすりゃ、いいのさ」

「だから、金で解決しようってんだ」

「いくらで」

「まあ、五十両ってとこかな」

「おふざけでないよ。そんなお金持ってるはずないだろ」

お松が言うと男は笑った。

「じゃあ、体売って払えや」

男はそこで下卑た笑いをした。

「そうだ。売り飛ばす前に、折角だから、稽古でもしとくか」

男はそう言って、他の男たちが押さえつけているのをいいことに、お松の体にのしかかると、帯を解き始める。

「何するのよ……やめろっ」

お松が抵抗するが、男は構わずに着物を剥ごうとした。

「ぐあっ」

びゅっという音がして、男が後頭部を押さえて、横に転がった。石礫《いしつぶて》がごろりと転がった。

　お市は扉を押し開けて、お松の傍に駆け寄る。

　押さえていた男たちは訳が分からず呆然としている。

　お市はふたりを守るように、立ちはだかった。

「何でぇ、お前は」

　遊び人が頭を押さえながら、ようやく起き上がった。

「女、それもこんな子どもに、大の男がよってたかってとは、このことね。情けない」

「何だと」

　遊び人が近づくと、すかさずお市はもう一度握りこんでいた石礫を投げようとした。

「おっ」

　男が怯んで、顔を隠した隙に、お市はお松と山吉の腕をつかんだ。

「逃げるよ」

　お松と山吉を先に立たせて、扉から外へ押し出すようにした。

「早く外へ走って」

　お市はそう言うと、己も出ようとしたが、内側から足をつかまれた。若い男のひとりが力まかせに握っている。

　お市は足を振るが、男の腕はびくともしない。

　すかさずお市はジーファーを髷から抜くと、男の腕に刺しこんだ。

「ぐあ」

男が苦しそうに腕を離した。

しかしその時、別のふたりの男が、お市につかみかかってきた。

咄嗟に手に持ったジーファーを狙って振り下ろすと、ひとりの男の目の上に刺さった。

「ぐええ」

血だらけの顔で男が倒れる。

しかしもうひとりの大柄な男は、お市の体を持ち上げようとした。お市は慌てず、上から男の顔に肘を叩き込んだ。男の鼻の骨が折れる音がした。

「ぎええ」

男がそのままよろよろと外へ逃げて行く。

お市はジーファーを体の前で逆手に持って構えた。

若い男がふたり、そして遊び人の男が鬼のような形相をしている。

「こいつ」

遊び人の男が、匕首《あいくち》を取りだした。そして他のふたりは、竹刀を持っている。

三人が一斉に、突っ込んで来た。

——まずい。

お市は外へと逃れる。

しかし男たちもそのまま追いかけて来て、竹刀でお市の背中を突いた。お市はそのまま参道につんのめって倒れる。

「あっ」

倒れる時に、膝を石畳に嫌というほど打ちつけた。

起き上がろうとしても、足が利かない。

そこへ男の竹刀が腹を突いてきた。

必死で体を転がして、避けるが、飛び出してきたもうひとりの男の竹刀が、さっきぶつけた膝に入った。

「うっ」

お市が顔をしかめると、男はいよいよ執拗に竹刀で突いてくる。

それでも必死で転がり、体を逃がしていたが、ひとつ強い突きをまともに鳩尾《みぞおち》に浴びた。

そのまま気を失いそうになった。

ふたりの竹刀を持った若者の後ろから、遊び人風の男が出て来た。そして地面に倒れて動けないお市の横腹を蹴り上げた。

「ぐっ」

「手こずらせやがって」

男の目がぎらりと光った。

「よく見りゃ、なかなかの上玉じゃねぇか。お前でいいや。売り飛ばして金にしてやるよ」

笑いながら、男はお市の首筋に匕首を突き付けた。

「ちょっとでも、動くとぶすっといくぜ」

男はお市の帯に手をのばそうとした。

万七の声が聞こえてくる。

〝お市、男ってのは、けだものだ。気をつけるんだぞ。ただし、けだものになった時、案外隙ができるってもんだ〟

お市は男の手を払った。

「自分で脱ぐよ」

「そうかい、そりゃありがてぇ」

男が嬉しそうな顔をした。

お市は帯を解きながら、懐に手を突っ込む。

「ねぇ」

「どうした」

お市が声を掛けると、男が顔をお市に近づけた。

瞬間、お市が懐からつかみ出したジーファーが男の右目を貫いた。

「ぐあっっ」

悲鳴をあげた男を、お市は利くほうの右足で蹴り飛ばす。

「あっ」

横で見ていた若者たちが、慌てて竹刀をお市に向かって突き出した。お市は一回転すると、ジーファーをひとりの男の顔に投げる。

「ぐあ」

男の頬から血が流れ出た。

しかしもうひとりの男の竹刀が、お市の頭に振ってきた。

お市が逃げられないと思った時、男の竹刀が力なく手から落ちた。そして男自身も、そのまま前のめりで倒れた。

その後ろから、お糸が大きな石を上に持ち上げたまま現れた。

「へへへ、やった」

「あ、ありがと」

お市は何とか立ち上がろうとした。

男たちは地べたで転げ回っている。

「大丈夫」

お糸が、お市を抱き上げるように引っ張った。

「お糸ちゃん、ありがとう」

お市は体じゅうから痛みを感じていたが、立ち上がった。

「あっ、お松ちゃんと山吉ちゃんは」

「へへへ、大丈夫よ」

お糸が指した欅の裏から、ふたりが現れた。

「ああ、良かった」

お市はどっと疲れが出て危うくくずおれそうになったが、気持ちは晴々としていた。

四、

「いいから、四の五の言ってねぇで、つかまれ」

伊之助は、お市を怒鳴りつけるように言った。

大騒ぎを聞きつけた近所の者が呼び、岡っ引きの伊之助が駆けつけてきたのだ。伊之助はお市を見ると、驚いたような顔を見せたが、膝をやられて歩けそうにないのを見て、おぶると言い出したのだ。

——こんな奴におぶられるなんて絶対嫌だ。

お市はそう思ったが、お松、山吉、そしてお糸を帰さなければならない。そんな時、己が動けないでは話にならない。

悔しいが仕方無いか。

お市は伊之助の背中に乗った。

お松やお糸は、少し不思議そうに見ている。

「どっこいしょ、小せぇ頃は結構おぶったんだぜ」

伊之助はそう言うと、背負い直した。

「でも、相当、重くなってら」

「うるさい、黙ってて」

伊之助はゆっくりと歩く。

もう夜もふけてきて、このままにしておけない。お松と山吉を送り届けて、お糸を帰らせるのがいい。

幸いというか、さすがに懲りたのか、お松もおとなしくついてくる。外で暮らすことが、怖くなったのだろう。逃げる様子もない。

ゆっくりと一行が歩いて行く。韋駄天《いだてん》とまで呼ばれたお市の足だが、今夜はさすがに何の役にも立たない。

「お市さん、大丈夫」

お糸が心配そうに見る。お松と山吉も、案じている様子だ。

「大丈夫」

言いながら、足とは別に全身に痛みが走った。特に腹のあたりはひどかった。

――でも送り届けないとね。

お市はそう思いながら、伊之助の背中の上からお松を見た。口をきくのは初めてだ。

「ねぇ、どうして家出なんかしたの」

お市が尋ねると、お松は沈んだ顔をしただけで何も言わない。

「ねえ、教えてくれない」

「山吉だけを可愛がるの」

「それが嫌だったのね」

「そう、あたしは家を出されるの」

「えっ」

「外へ働きに出るの」

お松の言葉に、お市は頷いた。

確かに十五で奉公に出るのはむしろ遅いくらいだろう。

「それが嫌で家出したの」

しかしお松は首を振る。

「離れたくないから」

お松はそう言って山吉を見た。ゆっくりと見るのは初めてだが、姉も弟もいわゆる美形である。特に山吉は小さいこともあり、愛らしい顔立ちをしている。

「そうなの」

お市はそれ以上は何も言えない。

「でも、山吉のお薬買う為に仕方ないの」

お松はそう言ってうなだれた。

これも辰次の言ったとおりだ。山吉の体が悪いのを極度に気にしていた。

「でも、薬飲めなかったけど、このところずっと元気なんだけどね」

「えっ、どういうこと……」

お松は黙っている。

――それって、辰次の薬が身体に悪いってこと……

「とにかく、今は元気なの」

お松が山吉を見てそう言うと、山吉は頷いた。

「うん、おいら、全然平気だい」

お市は黙って聞いていた。

「お松ちゃん、どこへ奉公へ上がるの」

お糸が尋ねたが、お松は首を振った。

「知らないんだ」

「そうなんだ」

その会話を聞きながら、お市の頭に嫌な想像が浮かんだ。

――まさか、さっきの遊び人じゃ、ないけど……

お市は辰次に聞きただそうと思った。

四半刻も経たぬうちに、五人は古沢屋の前に立っていた。

「ここら辺でいい」

お市は伊之助に言った。

「遠慮することないぜ」

「ここで仕事があるから」

「帰れるのか」

「おかげで、だいぶ良くなったみたい」

「そうかい」

伊之助は少し残念そうにお市を背中から下ろした。

「じゃ、俺も仕事があるんでな」

伊之助はそう言って、往来を歩き始めた。

借りを作っちゃったな。

お市は気をとりなおして腹に力を込めた。

「御免下さい」

お市が閉まっている戸を叩き、声を掛ける。

「だれでぇ」

「よろず屋お市です」

「えっ」

中で辰次が驚いたような声をあげて、すぐに足音がして、くぐり戸が開き、辰次が顔を出した。

「山吉」

辰次は外へ出ると、山吉を抱き寄せた。

「無事だったか」

そしてしばらく抱きしめた後、お松を見た。

「お前、何やってんだよ」

辰次が声を荒らげたので、お市が手で制した。

「折角、無事に帰ってきたんですから」

「そうだな」

辰次はそこで初めて、お市の顔を見た。

「あんた、てぇしたもんだな。ありがとよ」

辰次はそう言って、頭を下げた。

「正直、女で大丈夫かと思ってたけどよ」

辰次の声が段々かすれて泣き声になってきた。

「俺の宝物を取り返してくれたんだ。どんなに礼をしても、したりねぇ」

目には大粒の涙が浮かんでいる。

――嘘はなさそうだけど。でも、聞いておかないといけない。

辰次はまだ頭を何度も下げている。

「神様、仏様だよ……」

「辰次さん、ひとつ聞いておきたいことが」

「な、なんでぇ」

「お松ちゃん、奉公に出るって聞きました。奉公ってどこへ」

「それはまだ……」

辰次が言葉を濁した。お市の声が強くなる。

「まさか、身売り」

「えっ、何を言うんだよ……」

辰次は手を振った。

「口入れ屋、桐生の門蔵《もんぞう》さん所だ、知ってるだろ。石原町にある店だ。あそこへ頼んであるんだ。まだ決まってないだけだ」

「身売りも扱ってますよね」

「だから違うって」

「本当ですか」

「ああ、間違いねぇ。なんなら、門蔵さんに聞いてみてくれ」

お市はまだ不審に思ったが、頷いた。

「分かりました。では、これで仕事は終わりですね」

「ああ、ありがとよ……ああ、あんた煙草吸うか」

「いいえ」

「そうかい」

お松と山吉が、手を振りながら、くぐり戸の中へ入っていく。辰次が最後にもう一度頭を下げた。

お市は、お糸とふたりで歩き出した。

「あたし、すぐそこだから」

「今日はありがとう」

お市はお糸に微笑んだ。

「お市さんはどこに住んでるの」

「深川常盤町」

「常盤町ね……また、会えるかな」

「会えるよ」

お市はそれだけ言うと歩き出す。しばらく行っても、まだお糸が見ている。お市は手を振ると歩き出した。

「ああ、そのとおりだ」

桐生の門蔵はしっかりと頷くと、お市に微笑みかけた。

お松と山吉を送り届けた翌日、痛む体をおして、お市は桐生の門蔵を訪ねていた。

門蔵は、年はもう六十近い。しかし全く老けた感じはなく、その体つきは筋骨隆々で、眼光も鋭い。ただ、髷の先が白くなっていることだけが年相応だ。

「それにしても、お市、お前そんなことしてたんだな」

門蔵は感慨深げに言う。

門蔵は万七とは旧知の間柄であった。というのも、門蔵はただの口入れ屋ではない。今は若い者に譲っているが、元は本所界隈の人足を取り仕切る大親分だった。荒くれ者が多い人足を仕切るのだから、並の男ではできない。腕っ節と頭と度胸が揃った者だけが就ける仕事だ。今はだいぶ穏やかになったが、筋の通らぬことがあると、火の玉のように激怒すると言われていた。

口入れ屋を開いたのは、人足の手配やら確保やらをするのに便利だったからである。今は人足以外の仕事も紹介するようになり、かなり手広くなっていた。

そのように本所で影響力の大きい男なので、岡っ引きの万七からすると色々と役に立つ者でもあり、ふたりは繋がりが強かったのだ。

それゆえ、門蔵は子どもの頃から、お市を知っている。

「そのお松って娘の奉公先は、まだ決まってねえんだ。まあ、辰次ができるだけ、良いところにってしつこく言うもんで、こっちも少しでもと思って色々探してるところさ。まあ、あと三日くらいで決まるだろうよ」

「そうですか。ありがとうございます」

「おお、こんなことなら、いくらでもな」

店先まで出て来た門蔵は、お市の顔を気の毒そうな目で見た。

「その面、どうした」

「えっ」

「傷だらけだぜ」

「ああ、ちょっと転びまして」

「若ぇ娘がいけねぇな」

そこで門蔵は哀れむような顔をした。

「万七さんのことは、残念だった」

お市は頭を下げる。

「何か困ったことがあったら、いつでも言ってくれ」

お市は微笑だけすると往来へ出た。

――やくざには、頼りたくない。それだけ。

お市は雨の中を、濡れながら歩いて行った。

五、

「忘れてた」

五日後、お市は朝起きた時、寝床で声をあげていた。

「まだ後金二分貰ってない」

お市は跳ね起きる。

「そうよ、そうよ。一番大事なことを」

お市は下に下りると、顔を洗って楊枝を使いながら、考えていた。

「辰次さん、持って来てないし」

事件を解決したことと、お松がどこかに売られるわけではないと分かって安心したのか、体の痛みが一気にひどくなり、熱も出て、ここ数日はお市はずっと寝床で過ごしていて、金のことなどすっかり忘れていた。

「危ない、危ない」

お市はまだ痛みが残る体を前に曲げたり、後ろへ反らしたりした。まだ、痛む部分はかなり広く残っているが、今日は少し楽になっている。

お市は朝飯をかき込むと、外へ出た。無論、入江町の古沢屋に行く為だ。

「二分貰わないと」

――暮らしが成り立たない。

前金の二分は米と水と塗り薬で、ほとんど無くなっている。暮らせないのだ。

お市の足は自然、早くなる。

三ツ目之橋を渡って、入江町には、すぐに到着した。往来には野菜や魚、蜆を売る行商人が大勢行き交っている。

お市とすれ違うたびに、行商人たちは、じろじろ見て行く。

——あっ、そうか、顔が傷だらけなんだ。

お市は顔を手で隠すように歩いた。すぐに古沢屋の前に出た。しかし店先の戸は閉まっている。

「煙草屋ってのは、ゆっくりなんだね」

お市は言いながら、裏口へ回ろうと横道に入った。少し行くと、辰次の声が窓格子の隙間から漏れ聞こえてきた。

「もう、あいつはいねぇんだぞ……これからは、ふたりでやっていくんだ」

自然、お市の耳に入ってくる。

「なあ、山吉」

——なんかいつもと口調が違う。

よほど山吉のことが可愛いのか、まるで女形の出すような、女の声色を真似た口調なのだ。

そして隙間から、中が自然に目に入る。

お市はその瞬間、目が離せなくなった。

「何、あれ」

辰次が山吉を己の膝に載せて背後から両手を回して、強く抱きしめている。

「これからは、ずっとふたりで暮らそうな」

辰次の唇が、山吉の頬に吸い付いた。

「良い子だ、良い子だ」

辰次は、山吉の体をなで回している。

山吉の顔には表情がない。

辰次の声はまだ続く。

「ああ、そう、そう、お前が病気だって言うのは、あれは間違いだ。本当は元気なんだぞ。だから、どこへでも行けるぞ。ははは」

お市はその言葉の意味を悟った。

——これが本当の狙いだったんだ。

お松のことが嫌いだったんじゃない。

依頼の時も、山吉のことをとにかく心配し、無事に送り届けた時、山吉を異常なほど抱きしめていたのも、今なら、納得がいく。

辰次は恐らく引き取った時から、山吉に目をつけていたのだろう。

しかし山吉に手を出すには、お松がいては邪魔である。

だから山吉が病だという作り話で、金が必要になるからと、奉公へ、それもきちんとしたいい所へ出すということで納得させた。

——なんて汚い男なんだ。

お市はもうちょっとで、そのまま中へ飛びこみそうになった。辰次を殴り倒して、山吉を助けようと思った。

だが辰次は言い逃れするはずだ。

身寄りのない親戚を引き取り、男手ひとつで育てて、十五になった姉をきちんとした店に奉公へ出し、残った病弱の八つの男の子とふたりで暮らす。

——世間から見れば、仏のような人になる。

ここでお市が暴れて、辰次が山吉を狙っていると言っても誰も信用しないだろう。

養子を大事にする父親を殴ったかどで、お市がお縄になってそれまでだ。

お松の言葉が思い返される。

「山吉だけを可愛がるの」

お松がひがんでいるのかと思ったが、可愛がるの意味が違っていた。

——お松ちゃん、山吉ちゃん。

お市の目に涙が浮かんだ。

——そしてあたしが、逃げたふたりを連れ戻して辰次の思惑どおりになった。

許さない。

お市は毅然と顔を上げた。

お市は痛む体をおして走り出した。

「松島屋さん、ちっと用があるんだが」

伊之助は、門前仲町の呉服屋、松島屋の入り口をくぐると、十手を片手に声を出した。

「ちと、おかみの御用でな」

中にいた番頭、手代、丁稚はもちろん、客の顔色も変わった。番頭が慌てて、伊之助のところへ寄ってくる。

「伊之助の旦那、こんな正面から入られちゃ困りますよ」

体裁を気にする商売人らしい言葉だ。

「いや、急ぎだったんでな……お松ってのはいるか」

「お松ですか」

「おお、昨日か、一昨日くらいに入った女だ」

「お松が何か」

「かっぱらいだ」

「えっ」

番頭が思わず声をあげた。

「あの、すぐに連れて参りますので、表の少し離れたところでお待ちください」

「そうかい、わかってるだろうが、匿ったりすると……」

伊之助の声が大きくなる。

「分かってますから」

番頭は伊之助を往来へ押し出すと、中へ戻った。

伊之助は往来の向かいにいたお市のところへ行く。

「言われたようにしてきたぜ」

「ここから見えてたよ」

お市は微笑んだ。

「あんた、ああいう木っ端役、板についてるね」

「何だと、折角一生の頼みっていうから、きいてやったんだぞ」

「ああ、そうだったかしら」

お市がそう言った時、お松が番頭に連れられて出て来た。

「この子がお松……」

「ああ、ありがとう。どうも」

伊之助の代わりにお市は返事をすると、お松の顔を見た。

「お松ちゃん」

「お市さん」

お松はぽかんとしている。

「あたし、お縄になるって」

「そうよ。でも、心配しないで」

お市は伊之助を指した。

「このおじさんが、すぐに出してくれるからね」

伊之助はむっとしながら、土塊を蹴飛ばすように歩き出す。お市とお松も続いた。


「辰次さん、こんにちは」

お市は古沢屋の暖簾をくぐった。午刻で誰も客はいない。お市が見計らって入ったのだ。

「おお、お市さん」

上の部屋に座ったまま辰次は笑みを見せた後、不審そうな顔をした。

「で、何か用かい」

「ええ、ちょっと色々ね……まず、後金の二分まだなんだけど」

「あっ、いけねぇ」

辰次はぺこっと頭を下げると、簞笥から二分銀を取り出すと立ち上がり、お市に渡した。

「後はなんでぇ」

「ああ、山吉ちゃんいるかな」

お市はあたりを見回した。

「もちろん。奥に居るよ」

「良かった」

「なんだい、変なこと聞くよな」

辰次はまじまじとお市の髷を見た。

「ああ、そういや、気になってたんだが、その簪だけどな……」

「何か」

「昔、近所にいた女が同じようなのをしてたんだよな。二、三度見かけたことがある」

お市の頭に稲妻が走った。

――ジーファーは母の形見だった。

「それって、どこの誰」

「えーっと、確か三笠町にいた頃だから、もう十年以上前になる。名前は知らねぇなあ」

辰次が笑った。

「綺麗な女なんで、顔だけ覚えてたんだよ」

「ねえ、もっと、よく思い出して」

お市が強い口調で迫るが、辰次は首を振るばかりだ。

「いや、何もな……この、唇の右の横に黒子があってな、それがまた色っぽくてよ」

「他には、仕事とか、家とか、家族とか」

「いや、すぐに見かけなくなったからな」

いきなりがさつな声が響いた。

「おう、邪魔するぜ」

暖簾がめくれ、まず若くたくましい男が三人、そしてその後ろから門蔵が入って来た。

「お市、おめえの言うとおりだったよ」

門蔵はそれだけ言うと、辰次を見た。

「こりゃ、桐生の旦那。このたびはお松のことでは一方ならぬお世話になりまして……」

「ああ、そうさ。お前が頼むから、深川でも一番の呉服屋に口をきいてやった」

「ありがとうございます。おかげさまで、お松もいい奉公ができそうで……」

「それが、おじゃんになった」

門蔵はきっと辰次を見据えた。

「あの娘、縄付きになったんだ」

「そ、そんな……」

「しかも、奉公に上がる前にやったことでな」

「えっ」

辰次は呆然としている。しかし門蔵の目は鋭いままだ。

「お前、縄付きと知ってて、子どもを奉公に出そうと、俺に頼んだんだな」

「と、とんでもない……」

辰次は言い訳しようとしたが、門蔵が怒鳴りつけた。

「俺は、そういうこけにされるのが一番嫌いでな」

「違う、そんな、俺は知らない……」

「まあ、知っていても、知らなくても、子のしくじりは親が受けるってのが相場だ」

「俺は、実の親じゃない、育てただけだ。二年だけ……」

「うるせぇ」

「金なら返すっ」

若者が辰次に飛びついた。外へと無理矢理連れ出された。

「こっから先は、お前も知らない方がいい」

門蔵はそれだけお市に告げた。

「はい。ありがとうございます」

お市はそのまま上がると、奥へと急いだ。

きょとんとしている山吉がいる。

「お松ちゃんのところへ行こうか」

山吉はにっこりして大きな声を出した。

「うん」

「あっ、いた、いた」

お市が言うと、山吉は走る速度を上げた。

「お姉ちゃん、お姉ちゃん」

南町奉行所裏の往来には、伊之助とお松、それにもうひとり中年の女が立っているのが見えた。伊之助が手配した女で、身元がしっかりとした家にお松と山吉を引き取る手筈を整えてくれることになっている。

「山吉、山吉」

お松も走り出して来る。

ふたりはちょうど真ん中あたりで、出会うと抱き合った。

「お姉ちゃん、お姉ちゃん」

「山吉」

ふたりは抱き合いながら泣いていたが、やがてお松は懐から菓子を取り出すと山吉に渡した。

「これ、奉公先からいただいたんだよ」

お松が言うと、山吉はにっこりして頬張った。

しばらくして、お市はお松に近付いた。

「これからはふたり離れないで暮らすのよ」

「はい」

「うん」

「これ、お金」

お市はお松の背中に風呂敷を結びつけた。

「古沢屋から取ってきたの」

「それ、泥棒になるんじゃないの」

「違うよ。これは、お松ちゃんが、奉公に行くと決めて貰ったお金だから」

「でも、あたし、すぐ辞めさせられたから……」

「まあ、いいんじゃない」

お市は、中年の女を指した。

「この人が、新しいお家に連れて行ってくれるからね」

女は優しい笑みを見せたが、お松と山吉は不安そうな顔をした。

お市は頷いた。

「この人がちゃんとしたおとっつぁんと、おっかさんを見つけてくれるから。心配しないでいいよ」

「そうよ、大丈夫だから」

中年の女は微笑んだ。

伊之助が十手を見せながら、横から言う。

「おかみがちゃんと請け合うんだ」

お松と山吉はそれでも黙っている。

「どうしたの」

お市が尋ねると、お松と山吉が同時に叫んだ。

「お市さんがいい」

「おいらもお市がいい」

ふたりはそう言って、お市の袖をつかんだ。

「えっ」

不意をつかれたお市は驚いて何も言えない。

「ねえ、お願い」

お松がそう言って袖を振る。

「お市さんのところへ連れて行って」

「お市の家に行こう」

ふたりは大声を出した。

「あ、あたし……」

お市はしばらくは呆然と見ているだけだったが、やがて強い口調で言った。

「ごめんね、でも、あたしは他にやらなきゃいけないことがあるの――」

結局、四半刻ほどして、ようやくお松と山吉は、中年の女と一緒に歩き出した。

「さようなら」

ふたりの声がまだ耳に残っている。

「ああ、やっと行ってくれたな。しかし、泣かせるな……」

伊之助はいつになく優しい目でお市を見た。

「あれ、お前、泣いてるのか」

「違うよ。見ないでよ」

お市は顔に袖を当てると、そっぽを向いた。

涙がとめどもなく溢れてくる。

ふたりはしっかりと手を握り合ったまま、女の後ろを歩いて行く。その背中は少しずつ、少しずつ、小さくなっていき、やがて見えなくなった。

――お松ちゃん、山吉ちゃん、今度こそ、姉弟で幸せになるんだよ。

第三話　仕事失態

一、

「ああ、目が痛い」

ほこりが入ったようだ。お市は土間に下りると、目を何度も洗い、さらにのどの渇きもいやした。

しとしとと降る雨はまるでやむことを知らぬように、降り続けている。

「もう、三日にもなるか」

お市は戸を閉めると、土間から部屋へと上がった。

いつもなら、そこで四畳半の長火鉢の向こう、いつも万七が座っていた座布団の上に座るのだが、今朝はそんな気分ではなかった。

四畳半の部屋から六畳の部屋へ戻ると、鏡台の前に座った。

「お市だって、娘っ子なんだ。いいか、毎日、この前に座って、髪をきちんととといて、綺麗にするんだぞ」

　万七の言葉が蘇った。

　まだ引き取られて間も無い時に、万七の死んだ女房の遺した鏡台の前に、お市を座らせて言ってくれた言葉だ。

　その万七が死んでもう一年近くになろうとしている。

　大川に死体で上がった万七だが、その心の臓あたりには、刺し傷が三つ残っていたのはお市はよくおぼえている。

「必ず、下手人つかまえるからね」

　お市はひとりつぶやいていた。

　そして鏡台の引き出しを開けて、中に入っていた油紙に包まれたものを取りだした。油紙の中から琉球簪《ジーファー》が出て来た。

「お市、お前の命の綱になるかもしれねぇ簪だ」

　そう言って、万七が何本も揃えてくれたものを普段は髷に差している。

　しかし、この油紙から出て来た一本だけは違う。

　――おっかさんの形見。

　両親と死に別れた時、お市の髷に差してあったものだ。恐らく母親が、遺してくれたものだとお市は信じている。それで、万七も全く同じ物をわざわざ探して買ってくれたのだった。

先日の一件で聞いた辰次の言葉が忘れられない。

「気になってたんだが、その簪だけどな……」

「昔、近所にいた女が同じようなのをしてたんだよな」

「確か三笠町にいた頃だから、もう十年以上前になる。名前は知らねぇなー」

「綺麗な女なんで、顔だけ覚えてたんだよ」

「この、唇の右の横に黒子があってな、それがまた色っぽくてよ」

結局、辰次はその直後、「顔をつぶした」ということで桐生の門蔵にどこかへ連れて行かれた。おそらく、今頃はどこかの山で働かされているかもしれない。

「もう少し聞いておくんだったかな」

お市はそう思ったが、それ以上のことは知らない素振りだった。

辰次の言葉がこの数日、昼も夜も、頭の中を渦巻いていた。夜になると、ほとんど眠れぬことも多かった。

それで、暇さえあれば三笠町を色々聞き込んでみた。唇の横に黒子があって、琉球簪を差していた女を捜したが、まるで収穫はなかった。

ジーファーは珍しい簪である。それもお市が差しているのと全く同じものを差していた女。

「やっぱり、おっかさんなのかな」

お市は十一年前、目の前で両親が殺されるのを見ていた。そして以来、万七に引き取られて育てられたのだが、同時に、その日から両親の顔が思い出せなくなっていた。

それからずっと両親の顔を追い求めていた。

再び、辰次の残した言葉が、ぐるぐると頭を駆け巡る。

――三笠町に住む女

本所三笠町は、辰次の店があった入江町の目と鼻の先にある。見かけたというのが本当なら、その辺りにいたことになる。

――綺麗な女

辰次のような男にそんな言い方をされるのは、己が言われる以上にぞっとする。ただ、母親が綺麗だったというのは、少なくとも身ぎれいにしていたからであろう。つまり、その日の暮らしに困るような生活では、なかなかそうはいかなかったはずだ。

もっと言えば、父親がしっかりとした職を持っていたことになる。

――唇の右の横に黒子

このことは、もしかしたら、いつかとても重要なことになりそうな気がしていた。役にたつ時が必ず来そうな予感だ。

――色っぽい

己の母親をそんな言い方をされると吐き気がする。

そして今度はその言葉を突きつめると、ひょっとして春をひさぐような女ではなかったのかとも考えてしまう。

母親、さらには父親に対して、何ということを考えてしまってるんだろう。

お市は形見のジーファーをじっと見た。

きちんと研いだので、錆などはもう浮いていないが、細工のところは、かなりくたびれている。

しばらく見てから、油紙でもう一度丁寧に包み直すと、元の引き出しに戻した。

両親はどうして殺されねばならなかったのか。

そして下手人は一体誰なのか。

こうして万七の跡を継いで、よろず請負います、ねずみ屋という看板を上げているのだ。

己の事も請け負って、いつかは解決しなければと思っている。

両親のことと、万七のこと。

このふたつのことを解決するまでは、お市は生きていなければならない。たとえ、どんなことがあっても、それが己の定めなんだと思っていた。

「ってことは、とにかく、まずは食っていかなきゃね」

お市は少し口角を上げた。

幸い、この間、使いを頼まれたのと、近所の娘さんのお稽古の行き帰りの付き添い兼、用心棒を請け負ったので、お市にしてはかなり余裕のある状態ではある。

〝お市、そういう時が一番危ねぇ。きっちり、財布の紐は締めるんだぜ〟

万七の声が聞こえた。

〝どうせ大した余裕でもない奴ほど、少しの余裕があると大船に乗った気持ちで散財しちまう。いいか、そういう時ほど、倹約しろ……ただし、余裕があるときでないとできねぇこともある。そう思ったら、それはやることだ〟

お市は再び笑みをこぼしていた。

「気をつけないとね」

四畳半の部屋に戻り、更に土間へと降りる。

戸の向こうからは、激しい雨音が聞こえてくる。外の雨は一層激しさをましたようで、土砂降りになってきた。

日は上がったようだが、雨雲のせいで外は暗いようだ。

「嫌な雨だね」

お市は、竈の釜から飯と汁をよそうと、持ってまた上がった。

「飯と汁が食べられるって、贅沢だ」

飯をかみしめながら、きっと両親ともこうして食べたことがあったと思い、最近は懸命に記憶をたどっている。

父親と母親が前にいて、お市はご飯を食べている。

「お市、どうだ、うまいか」

「美味しい、お市」

「うん」

そんな会話が聞こえてきたりすることはあるが、両親の顔は黒く塗りつぶされているようで見えない。

お市は哀しげな顔で箸を置いた。

「いつかは、きっと」

そう己を叱咤するように言った。

朝飯の後も、雨の勢いはまったく変わらない。

午近くになって、ようやく勢いがなくなり、小雨になってきたので、お市は戸を開いた。

表に出ると、濡れるのも構わずに、欅の看板を見た。『よろず頼みごと　ねずみ屋』と太い文字で書かれたものだ。

いつも朝はこれを正面から眺めることから始まる。じっと見ていると、このねずみ屋を何とか守ろうと思うようになってくる。

小雨といえども、着物に段々としみいってきた。お市が慌てて、中へ入ろうとした時だ。

「御免よ」

唐傘を差した男が、声を掛けてきた。

もう四十絡みと思える男で、髪は胡麻塩で、顔は浅黒く、無数の皺が刻まれている。それだけではない。額や顎にはいくつかの傷痕が残っている。眼光は鋭く、只者には見えなかった。

「万七親分はいらっしゃるかい」

しかし見かけとはうってかわって、物腰は柔らかく、言葉も丁寧だった。

男は柔和な顔で尋ねた。一瞬、お市が言いよどむと、男は言葉を継いだ。

「もしかして、代替わりしたかな。あんた、お嫁さんかい」

「えっ？」

「伊之助あたりが、跡を取ったかと思ったんだが」

「いいえ、違います」

お市は雨の中で背筋を伸ばすと、大きく首を振った。

「そうかい、そういう事情かい……」

男は部屋に上がって座ったまま、何度も頷いた。

長火鉢を挟んで、お市はちょうど六畳の部屋の方にいて、万七の座布団に座っている。

お市は男を中へ入れると、長火鉢のところへ座らせた。

そして、万七が岡っ引きをやめさせられたこと、その後はよろず屋という頼みごとを請け負う仕事をしていたこと、一年程前に亡くなったことなどを手短に語った。

男はしばらく目を閉じて黙っていた。

「万七親分がなあ……」

男は悔しそうな顔をして、うつむいた。

「あの、失礼ですけど」

お市が問うと、男は顔を上げた。

「ああ。こりゃ、悪かった。ははは」

男はそう言うと、居住まいを正した。

「俺は、長兵衛《ちょうべえ》って言いやしてね。ずっと常陸の方で、商売をしております。味噌を売ってましてね……ああ、そんなことは今はいいか」

そこで長兵衛の目が鋭くなった。

「実は俺も、元岡っ引きなんだ」

「そうなんですか」

「ああ、万七親分はもちろん、よく知ってるし、手下の伊之助のことも、あの南町の同心、えーっと何て言ったっけな……」

「仁杉半兵衛」

「ああ、その旦那だ。若いが、なかなかの人だった。達者なのかい」

「ええ、伊之助も仁杉の旦那も、元気過ぎるくらいで」

「そうかい。で、あんたは、その伝手でここをやってるのかい」

「とんでもない」

　お市は強い言葉を吐いた。

「さっきも言いましたが、万七さんは十手を返しました」

「ああ、そうだ。どうしてだい。病気か何かか」

「しくじったと言ってました」

　長兵衛は意外そうな顔をした。

「万七親分に限ってそれはないだろう。何があったんでぇ」

「あたしも知らないんです。子どもでしたし、万七さんは、しくじったという以外、何も言いませんでしたから」

「そうかい」

　長兵衛は苦い顔をした。

「十手を返せと言ったのは、仁杉の旦那で、その十手を新しく貰ったのが伊之助です。だから、こことは全く関わりありません」

「なるほど……て、ことは……ここは……」

「あたしひとりでやってます」

「本当かい」

長兵衛は驚いている。

「あんた、いくつでぇ」

「十九です」

「十九の娘が、後ろ盾もなしか」

長兵衛はお市をまじまじと見た。

「大丈夫なのかい」

「何とかやってます」

「そうかい。そうか、そうか」

長兵衛は何かひとりで考えているようだった。

「あの、何か」

お市が声を掛けても、長兵衛はしばらく考えていたが、やがて顔を上げた。

「折角、常陸から出て来たんだ。まあ、すっかり様変わりしちまったようだが、あんた、万七親分の跡取りのようだから、それに話すのが筋だしな」

お市には何を言ってるのか分からない。

長兵衛はそこで笑みを浮かべた。

「さっきも言ったが俺は、昔、そう十年ほど前まで、馬喰町辺りで縄張りを持っていた。ちょうど両国橋を西に渡って、すぐある両国広小路から入った辺りだ」

無論、お市も場所は知っている。

「まあ、両国橋を挟んでお隣さんだし、それに万七親分の気風のよさが気持ち良くてね。色々、仲良くさせて貰った。それだけじゃ、ねえ。御役目でも一緒にやることが多くてな……」

長兵衛は記憶をたどるように少し上を見た。

「特にあの頃は盗賊が江戸の町を跋扈してた。火盗改様も動いたが、奉行所だって黙ってられねぇ。競争みたいにして、追いかけたもんよ」

「赤犬の紋十郎……」

お市の言葉に長兵衛は驚いている。

「えっ、お前ぇさん、知ってるのかい」

先日の依頼人が持ってきた話に出てきた盗賊の名だが、お市は直接知っているわけではない。

「え、まあ」

「へぇー、そりゃ嬉しいね」

長兵衛の顔が明るくなった。

「何を隠そう。あれは万七親分と俺が、獄門台に送ったんだ」

「じゃ、万七さんとふたりで追ってたんですね」

「ああ、さっきの仁杉っていう同心なんかの下で、追いかけてたよ」

「そうでしたか」

「まあ、あの時は……おっと、いけねぇ。肝心の話からそれちまった」

長兵衛は軽く己の頬を叩くと、話を続けた。

「で、俺はある事件の後、ちょっとした縁があって常陸の味噌問屋を継ぐことになって、向こうでかかあも貰った。その事件がちょうど十一年前だ。やっぱり、盗賊でな。こいつもやっぱり、万七親分と俺で獄門台へ行かせた。白波《しらなみ》の牛松《うしまつ》ってのが首領の盗賊だ。全部で二十もいたが、牛松含めて、ほとんどをふん縛って、御白州へ突き出した」

「お手柄なんですね」

「ああ、そうだな」

お市が誉めると、長兵衛は満面の笑みを浮かべた。

「ところがだ、一網打尽ってのは難しくてな。何人か逃がしたのがいた。その中で、漁火《いさりび》の小四郎《こしろう》って奴がいた」

長兵衛が悔しそうな顔をした。

「牛松が一応頭領だったが、この小四郎が恐らく仕事のすべてを仕切ってたって奴だ。俺も、万七親分も、それは分かってたから、事件の後も追ったが、上方の方へひとりで逃げちまったようだ」

——どっかで聞いた話と似てる。

お市は赤犬の紋十郎のことを思い出していた。

長兵衛が頷いた。

「よく、ある話だって思ってるだろ」

長兵衛はまるでお市の考えてることが分かるような口ぶりだ。

「さっきも言ったが、引き込みから、忍びから、首領まで、全部捕まえるってのは、難しくてな、誰かに逃げられるのがむしろ普通だ。赤犬の紋十郎の時だって、丑三つの三五郎の時だって、同じだった」

長兵衛が懐かしそうな顔になる。

「特に、この白波の牛松一味は、なかなか強かでな。盗みに入っても、殺しはやらない、火附はしない、手籠めもしない。つまり荒っぽいことは一切なしの連中だった。予め手に入れていた図面と、中に入ってる引き込みの案内だけで、金をごっそり盗み出してしまう奴らだった」

そこで長兵衛はお市を見た。

「ただ、お前ぇさんの親父の万七さんは、本当に大したお人だった。そういう連中ならば、罠を掛けてやろうとか言って。見事、やったんだ。どうしたと思う」

「さあ」

長兵衛が得意げな顔をした。

「その牛松一味の特徴を逆手に取ったんだ。図面調達役と、引き込み役を、こちらから出したのさ」

お市は感心していた。

「その罠のおかげで、首領の牛松に始まって、ほとんどが捕まったんだからな。仁杉の旦那も、誉めちぎってた」

「そうですか」

万七のことを誉められると自然と嬉しくなる。

「まあ、そのすぐ後に、俺は常陸のほうへ行くことになって、以来、万七親分には会っていない。で、前置きが長くなったんだが……」

長兵衛の顔が引き締まった。

「実はな、先日、八州廻りが、うちに来た。八州廻りは知ってるよな」

――いくら、あたしが世間知らずだって、それくらいは知ってる。

武蔵、安房、上総、下総、相模、上野、下野、常陸の関八州を廻って、取り締まる御役目だ。

「別に悪いことしたわけじゃねえぜ」

長兵衛が笑う。

「何、たいしたところじゃないんだが、うちは家が大きくてな、八州廻り様の御一行がお泊まりになる。まあ、俺が元は江戸で十手を握ってたってのも、あるがな。で、その八州廻りが言ったんだ。最近まで常陸の鹿島ってとこがあるんだが、盗賊が荒らしてたって。俺はついどんな連中ですかいと尋ねた。すると手口がそっくりだ。人は傷つけない、図面を持ってる風で、引き込みが必ずいる……」

長兵衛の顔が再び真剣になる。

「勘かもしれないが、こいつは小四郎じゃねぇかと」

「でも、それだけじゃ……」

「俺もそう思った。ただ、人を殺さないから、人相を見られることがある……俺は八州廻りに聞いていた。面は知れてるんですかって。顔は覆面で分からない。ただ、縛られた主人が、右腕に大きな傷があるのが見えた。あと首の向かって右の付け根に黒子が見えたってな」

「それが証拠ですか」

「ああ、そうだ。まず江戸に居た頃、右腕には綺麗な桜の彫り物が入っていた。恐らくそれを消した傷だ。あと、黒子は、江戸で最後に押し込んだ時、同じ位置に見られている」

「じゃあ、決まりですね」

「そうだ。そして八州廻りが最後に言ったよ。常陸から消えたってな。どこへ行ったかはわからねぇ。ただ、八州はぐるっと廻ったらしい。大体、上方に逃げたなんて嘘をばらまいて、八州にいたんだ。そして十年かけて回り終えた」

長兵衛の顔が紅潮している。

「次は、また江戸に戻るかも知れねぇって思ってな。こうして万七親分に伝えに来たってわけだ」

「それを報せる為に、わざわざ江戸に来たんですか」

「ああ、そうだ。小四郎は、ちょうど喉にささった小骨みたいなもんで。多分、万七親分にとっても、同じだったと思う。いつか、必ずお縄にするって思ってたはずだ」

お市は静かに頷いている。

長兵衛はそこで、笑顔になった。

「まあ、そんなとこだ。万七親分には伝えられなかったが、あんたに伝えられて良かったよ。あんたから、墓参りしたら伝えてくれるか」

「あの、裏庭にお墓があります」

「そうかい」

お市と長兵衛は立ち上がると、六畳の部屋を抜けて、裏庭に出た。

万七の墓と猫の寅の墓が並んでいる。

長兵衛は置き雪駄を履いて、庭に下りると万七の墓の前に座り、しばらく黙って手を合わせた。そして口を開いた。

「万七親分、残念だよ。常陸くんだりから出て来て、また捕り物でもできるかと思ってたからよ。小四郎の野郎、江戸に来ると俺は踏んでる。親分もそうだろ。悔しいね……」

長兵衛はそこでようやく顔を上げた。

「それじゃあ、万七親分、さようなら」

長兵衛はそう言うと、立ち上がった。

そしてお市とともに、二つの部屋を抜けると、土間へ下り立った。

「それじゃあ、邪魔したな」

「ああ、はい。常陸にお帰りですか」

「一応、奉行所には一言言っていくが、まあ、相手にもしねぇだろうな。なんせ、昔ならともかく、今は味噌屋の隠居だからな。まあ、江戸の町に漁火の小四郎が現れたら、その時は俺のこと思い出してくれ。世話になったな」

そう言って、長兵衛は、戸に手を掛けた。

「あの」

「なんでぇ」

　長兵衛が振り返る。

「一緒に捕り物をしにきたんですか」

「ああ、そのつもりだった」

「じゃ、岡っ引きたちに今の話をして……」

「だから、岡っ引き相手にされねぇって」

「なら、あたしが」

「えっ？」

「仕事として請け負いますが」

「何だって」

　長兵衛はお市を見た。

「あんたが」

「はい、よろず請け負うのが仕事です。前金、二分、後金、二分の併せて、一両です……あっ、でも、心配しないでください。長兵衛さんからいただく気はありませんから」

「じゃあ、誰から貰うんでぇ」

「それほどの盗賊を捕らえたら、褒美が出ると思いますから」

「ま、たしかにな……ははは」

長兵衛が笑う。

「あんたと一緒に捕り物か」

「駄目でしょうか」

「いや、面白くなってきた」

長兵衛はにやりとした。

お市も笑みを返した。

二、

「じゃ、今日から始めるか」

「はい」

お市は頷いた。

昨日、己から仕事をやると申し出たことが、お市にとっては新鮮なことだった。

——どうしてだろう。今まで、向こうの依頼で動いていたのに。

その理由も実はよく分かっていた。

長兵衛の人柄である。元岡っ引きというわりには、気さくで、まるで偉ぶったところがない。優しげな男である。

そして何よりも、万七のことを本当によく分かってくれているのが嬉しかった。

――仁杉の旦那や伊之助とは大違いだ。

万七のことをずっと誉めてくれたのが本当にお市の心に沁みていた。

長兵衛は門前仲町そばの小さな宿を取ると、翌日朝からやってきた。元々、長逗留して、万七と一緒に動こうと思っていたのだから、宿代は十分にあるようだ。

「あんた、ところで捕り物の経験は」

「似たようなことならあります」

お市は胸を張った。

――女だからって、おとなしくするわけにはいかない。別に堂々としていればいい。

そう思いながら、昨日の己が、今は不思議に思えてくる。

帰りかけた長兵衛を呼び止めて、一緒にやろうと言ったのは、己でも信じられないが、口が勝手に動いた。

――おそらく万七さんの言葉なんだ。それが、あたしの口から出ただけ。

きっと万七が生きていたら、捕り物に参加したはずだ。

それはお市にもよく分かっている。

〝お市、随分、大きく出たな。まあ、しっかり頼まあ。ただ、危ない真似はするなよ〟

万七の声が聞こえた気がした。

――あたしが代わりをつとめてみせる。

お市はもう一度、頷いた。

「で、何から始めますか」

お市が聞くと、長兵衛は逆に聞き返してきた。

「お前さんは、どう考えてる」

「盗賊にあった店を探します」

「と言うと」

「火事や殺しが一緒にあったら、無理ですが、さっきの小四郎の手口ですと、お店は届けていないかも知れません。泥棒に入られたら、恥だとか、店の信用に関わると思うのが商人ですから」

お市の言葉に、長兵衛は感心したような素振りを見せた。

「なるほど、老いては子に従えだ」

「もし、小四郎が仕事をしていればの話ですが」

「よし、あんたはそこを探ってくれ」

「長兵衛さんは」

「うん。盗賊ってのは、必ず盗賊宿っていうところに集まって、そこを根城に仕事することが多い。そういうところを当たってみる」

「夕方に、ここで」

「ああ」

ふたりは別々に歩き始めた。

お市は往来を歩きながら、考えていた。

——なんか変かも。

今までひとりで仕事してきたが、他人と組むのは初めてだ。

これも万七さんの古い馴染みの親分だから……

ふと、そこで疑問が頭をもたげた。あの長兵衛が本当に、岡っ引きだったのか。まるで嘘っぱちかもしれない。

「そこから調べるの」

己で笑いながら、お市は両国橋へと向かった。

昨日の大雨が嘘のように、今朝は晴れ上がっていた。往来には朝から、人が行き来していて、両国橋の上はもういっぱいになっている。

本所側へ来る者、逆にお市と同じでお城側へ渡る者で、ごった返している。急ぎ足の番頭風、手代風の男がいれば、天秤棒を持って野菜を運ぶ者、早足で歩く娘など、大勢の人が見えた。

そして渡った先の両国広小路には、様々な建物がある。元々は、火除け地としての空き地だったが、次第に勝手に小屋などが建てられていき、今では芝居小屋や見世物小屋にはじまり、居酒屋、茶屋、などが乱立していて、一種の歓楽街になっている。

「この辺りが馬喰町か」

お市は左手にある長屋へと向かった。

少し歩くうちに見つけた自身番に声を掛けた。

「御免ください」

お市の声に、中にいた初老の男、ふたりが顔を上げた。町代、書役という自身番に詰めることになっている者たちだろう。

「どうかなさったかい」

「はい、ちょっとお尋ねしたくて……十年くらい前にこの辺りを縄張りにしておられた岡っ引きの方で……」

お市はわざと名を出さない。

「長兵衛さんかい」

男のひとりが答えた。

――間違いないか。

「もう、今はいねぇよ」

「どこかへ行かれたんですか」

「ああ、常陸だったかな。今じゃ大店の主人だよ」

「ああ、そうなんですか。ありがとうございます」

お市は外へ出ようとした。

「長兵衛さんに何か用かい」

「いえ、昔世話になったもんですから。でも、江戸にはいらっしゃらないんですね」

「ああ、そうだな。もう常陸の分限者だからな……」

「でもな、時々は江戸に出て来てるみたいだぜ。まあ楽隠居だから、遊びに来てるんだろうよ」

「しかし、えらい変わり様だよな。岡っ引きの頃とは、天と地の差だ」

もうお市のことなど構わずにふたりは話し出している。

「向こうへ縁があったんだっけ」

「さあな。でも、そんな金持ちの親戚がいたんだな」

「それじゃ……」

お市は会釈した。

「いや、そんなこと、初めて聞いたけど……ああ、気をつけてな」

「はい、ありがとうございます」

半刻もしないうちに、長兵衛の身元は確かめられた。

「ということは、盗賊にやられたお店がないかを調べないと」

お市はしばらく考えていたが、ふと思い立ったように顔を上げた。

先日会った桐生の門蔵のことが思い出されてきた。

――口入れ屋か。

お市は歩き出した。

まずは折角来たのだから、この馬喰町から始めてみる。

口入れ屋という看板が見えた。お市は暖簾をくぐった。

「こんにちは。ちょっとお尋ねしたいことがありまして」

さほど広くない間口だが、土間があり、その向こうには畳敷きの十畳ほどの部屋がある。

「いらっしゃいませ」

きちんと畳の上に正座した番頭風の男が丁寧に頭を下げると、お市を見た。

「十五、六の女の子が、実は五、六人まとめて奉公できるお店があればなと思って、探してるんですよ」

お市の言葉に、番頭は笑みを見せた。

「左様でございますか」

「はい、上総の村から頼まれまして。ただ、ちょっと条件がありまして」

「どのようなことでしょうか」

「できれば、同じところがいいっていうんです」

番頭は苦い顔をした。

「うーん、そういうのは……」

「嫌われますよね」

「そうですな。別々なら、いくらでもございますよ。もちろん、ひとりで入っても安心できるお店……」

「つるんで変なことするような子たちじゃないんだけど」

「いや、それは分かってますが……」

二人くらいならともかく、五人、六人となると、その家の女の奉公人の半分以上になりかねない。大体、そんなに沢山一気に採るような店はほとんどなかった。

年季明けはできるだけ重ならないようにしているのは商売人の常識だ。やめる人間が重ならない為である。

あとは何らかの事情で沢山の人間がやめざるを得ないような場合である。

たとえば盗賊が入って脅された、とか。

——漁火の小四郎は荒事はしないようだが、縛って転がすくらいはやるだろう。

怖くて、一斉にやめるということがある。無理に引き留めても、盗賊に入られたことをべらべら話されては困る。

それくらい商人は、盗賊に入られたことよりも、それが表に出ることを嫌う。信用が第一なのだ。

番頭は苦い顔のままだ。

——ここには、そんな店はなさそう。

お市はここで尋ねた。

「この辺りで盗賊に入られたって店ご存じですか」

番頭の顔がいよいよ苦々しげになる。

「存じません」

それを機に、お市は店を出た。

「そりゃ、そうか」

まともに尋ねて、ええ、知ってますよと嬉しげに答えるはずがない。それがたとえ他所の店のことでも、こういう店は口が固い。

何か考えないと。

その時、万七の声が聞こえてきた。

〝お市、まともに聞いて、ぺらぺら答える奴なんてまずいねぇ。そういう時は、鎌をかけるんだ。こっちは何でも知ってますって顔で聞くと、案外、向こうから話したりするもんだぜ〟

お市は微笑すると頷いた。

両国橋あたりをうろうろしながら、女髪結床を探した。

女髪結は風紀を乱すものとして、お上から禁止されていた。しかし、何度お触れが出ても、姿を消すのは一瞬であり、すぐに復活した。そしてしばらくすると、またお上が取り締まるが、また出てくるといった具合である。

女髪結床は待っている間、おしゃべりがつきない。様々な話題が次々に飛び交っていくのだ。

四半刻近く歩いたろうか、横山町辺りで、ひとつ見つけると中へ入った。

「いらっしゃい」

部屋の奥まったところで、客の髪をいじっている女髪結は声だけ出した。

部屋には、待っている女が、七、八人いて、結構な混みようだ。

若い女もいれば、女将さん風の女もいて、みな、おしゃべりに忙しいようだが、お市が入ると、その目が一斉に注がれた。

「ここが空いてるよ」

若い娘が己の隣の隙間を指した。

「ああ、ありがとう」

お市は、若い娘の横へ腰を下ろした。

「見ない顔だね」

「ああ、そうね。ちょっと使いに来て、そのついでにね」

「あっ、あれかい。何かあったんだ」

「えっ、まあ……そうね……」

「あんた、綺麗な顔してるもんね。そういう人って、いやがらせされるんだよね」

若い娘の言葉は、容赦がない。

「そうかもね」

しばらく若い娘が話すのを聞いてから、お市は話し掛けた。

「そういえばさ、色男、力と金はって言うじゃない」

「言う、言う」

「あたしの好きな男がいるんだけど、ほら、この間盗賊に入られたって店でさ……えっと、どこだっけ」

相手の娘も首を傾げる。

「えっ、どこのお店」

「ほら、この辺りの……」

相手の娘が、周囲の女たちに聞く。

「ねぇ、ねぇ、最近盗賊が入った店って知ってるかい」

「さあ」

「知らないね」

「そんなこと聞いたこともないよ」

尋ねられた他の女たちが首を振っている。

「あんた、騙されたんじゃない」

娘がお市を見て、笑う。

「そうかもね」

お市はそれだけ言うと、立ち上がった。

娘が問う。

「あら、どうしたの」

「ちょっと、男を捜しに行ってくるわ」

お市が怒ったような顔で出て行くと、娘は叫んだ。

「頑張ってね」

お市は苦笑しながら、次の町へと歩いた。

そして八軒ほど、同じように髪結を廻ったが、何も得られなかった。

「戻るかな」

再び両国橋の袂に来ると、やはり大賑わいだ。

特に芝居小屋、見世物小屋の前には大勢の人の列ができている。

両親に手を繋がれて、一緒に歩く子どもの姿があちこちに見えた。

ひとりの六つか七つくらいの娘が、道の真ん中でべそをかいている。

その前でなだめているのは、両親だろう。

「買うの、あれ、買うの」

「だって、あれは簪よ。もう少し大きくなってから」

「嫌だ、嫌だ、あれが欲しいの」

娘が指す先には小間物が並んでいる。簪も何本か並べられていた。

恐らく、まがい物に近い物だ。

ただし、娘はずっと駄々をこねている。

「買うの、買うの」

「ほら、ほら、そんなところで座り込んだら、汚れるよ」

今度は父親が娘を抱き抱えるようにしたが、娘は頑として立とうとしない。

「あれが欲しい……」

娘は大泣きに泣き始めた。

周囲の視線が注がれる。

両親はばつが悪そうに誰にともいうことなく頭を下げた。

娘の泣き声が大きくなり、両親の顔がいよいよ困ってきている。

——あたしもあんな風に連れられて歩いたのかな。

日も傾き始めて、あたりが赤く染まっている。

「ああ、だめ、だめ」

お市は感傷を吹き飛ばして気合いを入れ直すように、己の頬を二、三度、思い切りぴしゃっ、ぴしゃっと叩いた。

結局、両国橋を戻ると、本所へ入った。

回向院の前を抜けて、そのまま進み、亀沢町にくると、女髪結の看板が見えた。

「今日はあそこで終わり」

お市はそうつぶやくと、店の暖簾をくぐった。

間口の狭い長屋の中で、髪を結っているのが見えた。

「いらっしゃい」

髪結は、ちらりとお市の顔を見ると、また手元に目を戻した。どの髪結床もそうだが、女同士、話が盛り上がっている。

お市は部屋に上がって、一番隅っこに腰を下ろすと、隣の中年女を見て会釈した。

「おや、あんた、綺麗な髪をしてるね。それで、もう髪結に来るのかい」

「ええ、好きなもんで」

お市は微笑みかけた。

「そうなのかい。あら、珍しい簪ね」

中年女は、お市の髷に差さったジーファーを見て言う。

お市はすぐに髷から抜くと、中年女に見せた。

「へー、長いんだね。おまけに先が尖っているし」

中年女は手にしながら、しばらく見ていたが、やがてお市に返した。

「高いんだろう」

「ええ」

お市はそう言いながら、声を少しだけ落とした。ただ、落としたといっても、しっかり他の女の耳に届くくらいの大きさだ。

「それが、ちょっと伝手があったんですよ」

中年女は興味深そうにする。

「男かい」

「まあ、そんなところなんですけど……」

お市はそこで少し間を置いた。

「何だい、どうしたんだい」

中年女が尋ねても、お市は首を振った。

「いえ、まあ、その……」

お市の態度に、中年女はいよいよ興味がわいたようだ。それだけではない。周囲の女も聞き耳を立てているのがよく分かる。

万七の声が聞こえた。

〝いいか、お市。相手をしゃべらせる時は、こちらが黙るってのもありだ。そうすると、向こうが首を突っ込んでくる。そうなりゃ、こちらのものだ。相手を掌の上にのせることができるからな〟

もう一言、聞こえた。

〝それと、人なんてのはいくつになっても同じなんだ。女は男、男は女の話がやっぱり一番聞きたがるんだよ〟

お市はまだ黙っている。

「なんだい、勿体つけてなくてお言いよ」

「ええ、それが、このところ、その伝手も駄目になったんですよ」

そこでお市は顔を上げて、みなを見た。

「あんまり、大きな声じゃ言えないんですが……その男の店が盗賊に入られたようでして……」

「あら、三崎屋さん……」

近くにいたまだお市と変わらないような年頃の女が、声を上げた。

お市はもう少しで快哉を叫びそうになったが、飲み込んだ。

「えっ、知ってるの」

「知ってるも、何も、あたし、しょっちゅう、出入りしてるのよ」

「そ、そうなんだ」

「うん、でも、米問屋なんだけど……簪なんか扱ってたかな」

「ああ、それは、そこの手代が……」

「おさとちゃん、あんまり野暮は言わないことだよ」

中年女が三崎屋さんと言った女をたしなめる。周囲の女もみな笑う。

お市も笑顔を作った。

「でも、三崎屋さんのこと、よく知ってたね」

お市が言うと、おさとが自慢そうな顔をした。

「だって、あたし、同じ町内だもの」

「えっ、本当に」

「うん、石原町よ」

お市は笑みを見せた。おさとは無邪気に話す。

「だって、次の日の朝、みんな神妙な顔してさ。何かおかしいと思ったら、盗賊に入られたって……でもね、縛られただけで、誰も死んだりはしなかったみたいよ」

「どうして分かったの」

「奉公人が、何人か、その又次の日、三日前だっけな、出て行くのよ。主人が止めるのも構わずに。そりゃ、そうよ。縛られただけでも嫌になるし」

「勝手にやめるのは駄目でしょ」

「うん、でも、迎えに来てる親がいたからね」

「ああ、それで分かったのね」

「そうよ。そのうちの知り合いの手代に話も聞いたし……梅吉って言うんだけど……まさか……」

「何」

「あんたの男って」

「えっ」

一瞬、お市はきょとんとした。

「違うようね」

お市が答えると、おさとが首を傾げた。

「じゃあ、常吉さん、それとも、丁稚の幸吉、まさか番頭さんじゃないよね。年が離れすぎだもんね……」

「ああ、それは、まあ……」

お市が言葉を濁した。

「あの、すみませんね」

髪結が夕焼けの空を見ながら声を掛けた。

「今日中に最後まで廻らないかもしれないんで……」

お市は救われたとすぐに立ち上がる。

「ああ、じゃあ、また」

「すみませんね。明日一番でやるからさ。名前を……」

「ああ、ごめんなさい。明日は朝一番でやることがあるんですよ」

「そうかい。悪いね」

「いいえ、とんでもない。また来ます」

お市は逃げるように、髪結床を出た。

ちょうど夕陽が赤く焼けている頃で、お市はその中を歩き出した。

さっきのおさとの言葉が思い出されてくる。

「明日、朝一番で、石原町の三崎屋に当たろう」

もちろん、表立って隠しているからたやすくは話はしないだろう。ただ、さっきのおさとの話だと、まったく隠しきれてはいないようだ。

――その三崎屋が盗賊に入られたのは間違いないとしても、それが漁火の小四郎一味であるとは限らない。

ただ、このところ、江戸を荒らし回っている盗賊の名は特に聞かない。しかも人を殺さないのが、小四郎と重なるところがある。

お市は常盤町の己の長屋へと足を向けた。

長兵衛が来るはずだ。

――何かつかめたのだろうか。

お市は帰り道を急いだ。

「お前ぇさん、てぇした女だ」

長兵衛はお市の顔を見て、感激の色を浮かべている。

「さすが、万七親分の跡取りだ」

長兵衛の言葉に、お市は嬉しくなる。

己が誉められたのももちろんだが、それが万七への誉め言葉に繋がっていくのが嬉しい。

――この長兵衛さんって、本当にいい人なんだ。

お市は笑みを見せた。

「正直、はじめに会った時は、大丈夫かなと思ってたけど、すごいや」

長兵衛はそう言うと、座り直した。

ちょうどお市とは長火鉢を挟んで座っているが、長兵衛は満面の笑みを浮かべている。

「で、その三崎屋ってのは、石原町にあるんだな」

「ええ、そう聞きました。明日、一番で行きます」

「ああ、そうかい。俺もつきあうと言いたいが、こっちはこっちの調べがあってな」

「盗賊宿のことですか」

「ああ、そうだ。その石原町というのが、結構な手がかりになるもんだ」

「そうなんですか」

「ああ、盗賊ってのは宿を転々としているように見えて、実は違うんだ」

お市は黙って聞いていた。

「考えてもみな。転々と変わるってのは、たやすいようで難しい。大概の宿は客のことを気にするからな。手形はどうしたとか、何人かとか。それに雁首揃えて盗みの相談なんて、普通の宿屋なんて人目があってなかなかできるもんじゃねぇ」

言われてみれば、そのとおりかもしれない。

長兵衛の声が低くなった。

「だから、宿っていっても、人の寄りつかねえ所を選ぶ。誰も住まなくなった空き家だとか、火事で半分ほど焼け残った長屋とか、あとは住職のいなくなった寺とかだな」

　言いながら長兵衛は口をおさえた。

「おっと、おしゃべりが過ぎた。じゃ、お前ぇさんは明日はその三崎屋ってのを当たってくれるか」

「長兵衛さんは」

「今も言ったろ。心辺りのある宿をあたってみる」

　長兵衛はそこで立ち上がった。

「じゃあな。明日の夕方またな」

　気のいい声で言うと長兵衛は戸を開いて、土間から外へ出た。

「達者でな」

　長兵衛の姿は見えなくなった。

　お市は座ったまま、きょとんとしていた。

「変な挨拶」

　普通は別れの言葉だが、優しい長兵衛のことだから、本気でお市のことを心配して言ったのかもしれない。

　――なんか父親みたい。

　そしてそのまま明日のことを考える。

三崎屋に行くのはいいとして、どうやってその先を進めるか。

その夜はずっとそんなことを考えていた。

三、

「よし、出かけるか」

外は雲ひとつなく晴れ渡っている。お市はいつものように打飼袋に握り飯を二つと、竹水筒を入れて背負った。

——三崎屋が待ってる。

そう思うと、武者震いがしてきた。

昨日、長兵衛に誉められたことが、一晩たった今もまだ気分がいい。

もう辞めたとはいえ、元は岡っ引きである長兵衛に誉められた。しかも、万七のことも含めて。

自然に微笑みが浮かぶ。

土間に降りた時、いきなり戸が開いた。

「おっと」

伊之助が入って来ようとして、ぶつかりそうになった。

「何よ、いきなり」

「声は掛けたぜ」

伊之助の色白の顔が、むっとした。

「出かけるの」

お市が伊之助を追い払うように手を動かすと、伊之助は首を振った。

「ちょっと待て」

伊之助が外を指し示す。

お市が見ると、そこには着流しに巻羽織の同心姿の男がいた。

「よお、ちょっとご無沙汰だな」

鋭い鷹のような目がお市を射貫いた。南町奉行所同心、仁杉半兵衛である。

「ああ、どうも」

お市は素っ気ない。

「何か用ですか。急ぎますんで」

「盗賊のお調べでか」

お市は仁杉を見返した。

「なんで、知ってるのって面《つら》だな」

仁杉がにやりとした。

「こっちだって、無駄に禄を食んでるわけじゃねぇからな」

「あら、そうだったんですか」

お市がふてぶてしい顔をすると、仁杉がにらんだ。

「髪結床を廻って、盗賊のこと聞いてるんだってな」

——さすがね。早い。

お市は舌を巻いていた。

髪結床はお上の許可する株がないとできないので自然、奉行所と繋がっていて、十手持ちを兼ねる者もおり、そういう岡っ引きは髪結の仕事は女房に任せている。ただし女髪結は株もなにも、基本違法であるので、お上とは繋がりも薄く、むしろ隠れてやっていると思っていた。

——甘かったようね。

「いつぞやも、同じようなことをしてたが、本気で火盗改になるつもりか」

「それもいいかもって言ったでしょ」

「ふざけるな」

仁杉が声を荒らげた。

「一体、何を探ってるんだ」

「それは言えません」

お市と仁杉はにらみあったが、仁杉はすぐに横を向いた。

「だろうな」

仁杉は背を向けた。

「お市、死んでも知らねぇぞ」

「脅しですか」

「馬鹿野郎。脅しで済めば、運がいいぞ」

仁杉は伊之助と一緒に往来を歩いて行く。

ふたりの背中を見ながら、お市は考えていた。

単に、お市が女髪結で盗賊の話を聞き回っていたのなら、仁杉はわざわざ出張って来るだろうか。

――ひょっとしたら、他に何かあるのかな。

考えてみれば、十一年前仁杉も、獄門になった白波の牛松やその手下で逃げた漁火の小四郎のことも知っているし、長兵衛のことも率いていた。

――まあ、こっちはこっちでやるから。

お市は打飼袋をもう一度背負い直すと、家を出た。

四半刻ほど歩けば、お市の住む常盤町から、三崎屋のある石原町はすぐだった。そしてすぐに三崎屋は見つかった。

思った以上に間口も広く、大きな米問屋である。

往来を挟んだ天水桶の陰で、お市は見ていた。

盗賊が入ったことがどれだけ知られているのか分からないが、お市が来てからでも、かなりの数の客が入っていった。

米俵を担いだ丁稚や手代も大勢うろうろしており、女の奉公人も時々出入りしている。

ひとりの丁稚が米の入った袋を背負って、歩いて行く。

お市はすぐに後をつけた。

前を歩く丁稚はまだ十五、六であろうか、与えられた仕着はきれいであり、真面目そうな顔をしている。

――あんまり、気が進まないけど、あの子に仕掛けるか。

お市は裏道を走って、丁稚の前に出ると駆け出した。

「あっ」

お市は丁稚とぶつかった。もちろん、わざとだ。

そして豪快に前に転がる。小さい頃から、万七に体術を叩きこまれてきたので、受け身をとって体を回転させるのは得意中の得意だ。

「ああ、痛い」

お市は往来に倒れて、身体をさすった。

「ああ、す、すみません……」

丁稚が慌てて近づいて来た。本当に真面目な男なのだろう。心配そうな顔は嘘には見えない。

――ごめんね。

心の中で謝りながら、お市は大声で叫んだ。

「何、やってんだよ」

「ああ、ご、ごめんなさい……」

「嫁入り前の身体だよ」

お市は大袈裟に腰をさすった。そして丁稚に見られないように頬には持っていた紅を引いた。

「ああ、顔に……怪我したし……」

お市は眉間にしわをよせて丁稚をにらむ。

「責任とってもらうよ」

「あ、ああ」

お市は丁稚の腕をつかむと、少し先にある社へと引っ張って行った。

丁稚は震えながらも、ちゃんと米袋は持っている。本当に真面目な男なのだ。

「座りな」

お市の言葉に、丁稚は石段の上に座った。周囲は木々に包まれて、誰にも見えない。

そこでお市は冷たい言葉を吐く。

「女の顔に傷つけるなんて、うちの父親が知ったらただじゃおかないね。岡っ引きなの」

全くの嘘でもない。丁稚は何も言えないくらい、怖がっている。

お市は少しだけ優しい顔をした。

「ね、何も無かったことにしたい」

丁稚はこくりと頷いた。

「だったら、ちょっと聞きたいことがあるんだ。教えてくれる」

丁稚はもう一度頭を縦に振った。

お市はそれでも、まだ威圧するようににらむと口を開いた。

「もうお店は長いの」

「はい、三年目です」

——よし。

盗賊が入ってから、三崎屋に入った者では意味が無い。米袋を持って届ける役目をもらっている以上、つい数日前に入った丁稚とは思えなかったので、お市は目をつけたのだった。

「この間、盗賊が入ったよね」

「えっ、どうして、それを」

お市の言葉に、丁稚は驚いている。

「縛られたんだよね」

「は、はい」

「で、聞きたいのはね」

そこでお市は丁稚の顔を見た。まだ震えている。

お市は打飼袋から、お握りを取り出すと、ひとつを丁稚に握らせた。丁稚は唖然としている。

「米問屋だから、お米は食べ慣れてるか」

「いいえ、うちの主人は米は商売物だと言って食べさせてくれません。特に盗賊に入られてからは、ものすごくケチケチして……」

丁稚は言い過ぎたという顔をした。お市は笑う。

「じゃ、食べよ。あたしも食べるから」

お市が言うと、丁稚はかじりついた。そして美味そうに頬張っていく。お市も一緒に嬉しそうに食べた。

お握りを食べた後は、丁稚はにこにこと話した。

「盗賊の入った後、辞めた人って沢山いるでしょ」

丁稚は頷いた。

「その中で、そうね、しょっちゅう、怠けてた人いないかな」

「うーっん、どうかな」

丁稚は首を振ってるだけだ。

「じゃ、辞めてから、羽振りが良くなった人って知ってる」

「羽振りって、何ですか」

「お金持ちっていうことかな」

「ああ、そうなんだ。うーん、でも、出て行った人のことは分かりません」

お市はしばらく考えた。

「他に何かなかった。出て行った人の話なんだけど」

これだけ尋ねるのは、小四郎が、引き込みと店の図面を必ず使うからだ。特に引き込みは、奉公人の中にいて、仕事が終わった後は当然さっさと居なくなる。

——それが小四郎を追う糸だ。

お市はそう思っていた。

しかし誰が引き込みをやっていたなんてことは事前には分かるはずがない。もしそれが分かっていたなら、押し込みは失敗するはずだ。ただ、事件の後でも、居なくなった者が何人かいたら、もう分からない。

つまりこの丁稚が、引き込みが誰かを知るはずもない。

お市は首を振った。

その時、丁稚が声を出した。

「あの」

「何、水が欲しいの」

お市が竹水筒を渡そうとすると、丁稚が手を振った。

「そうじゃなくて、いい仲の人ならいました」

「えっ、ああ、そういうのは……」

お市の言葉には構わずに、丁稚は言葉を続けた。

「奉公人の女、お時さんと、常吉さんって手代が、しょっちゅう逢い引きしてました。だから、さっき言ってた、怠けてた人になるかも」

丁稚の顔が少し上気している。

「いつも、お寺に行くんです。坊さんがいなくなった、お化け屋敷みたいなお寺に……そこでふたりで……お時さんはいつも赤い襷《たすき》を巻いているんです。それで……」

瞬間、お市の頭に、稲妻が走った。

「ね、どこ、それ、どこのお寺」

お市が勢いこんで尋ねたので、丁稚はまた恐れをなしている。

お市はすぐに笑みを見せた。

「教えてくれるかな」

「は、はい」

丁稚はすぐに頷いた。


「この先か」

お市はさっきの丁稚に聞いた道を急いでいた。

石原町の三崎屋から、さほど遠くないところにあった。

——ふたりが逢い引きしていただけなら、何も関わりないけど。

もし、ふたりがいい仲ではなくて、盗賊の仲間であり、引き込みや図面役だったら、どうだろう。

まず間違いなく、連絡を取るために、仲間に会いにいくだろう。

盗賊宿に。

そして、廃寺という言葉は、長兵衛から昨日聞かされている。

万七の声がした。

〝お市、まだ当たったか、どうかも分からない勘に、あまり期待しすぎるんじゃねぇぞ。

外れると、きついからな〟

お市は頷くと、丁稚の言った廃寺の前に出た。山門のような物はあるには、あるが、崩れていて、ほとんど形をとどめていない。

寺の名前も挙がっていたはずだが、もう読めない。

お市はその山門をくぐった。

まだ午を過ぎたばかりで、日は高く、空も晴れ渡っている。ただ、参道に入ると、荒れ放題に荒れており、木々の手入れはされておらず、ほとんど日の光が入ってこない。

参道をゆっくりと歩いて行く。

途中、お市は髷に差してあるジーファーを確かめた。

最悪の場合、盗賊一味と鉢合わせるかもしれない。人を殺めたりしないとされている小四郎一味だが、万が一ということもある。

近づいて行くと、参道の先に、お堂が見えてきた。他に建物の跡らしきものはあるが、もう崩れておよそ人が泊まれるような状態ではない。

――居るとすれば、あそこしかないか。

更に近づいたが、中のことは分からない。

――夜の方が良かったかも知れない。

夜なら、中に人がいる場合は、灯りをつけざるをえないことが多い。すると、遠くからでもいるかどうかが分かるからだ。

ただ、名うての盗賊であるから、そんなことは百も承知だろう。だから、一切、灯りは使わないのかもしれない。

——とにかく用心することね。

お市はゆっくりと、慎重に、お堂に近づいた。

そして真ん前までくると、そっと中をうかがうように耳を澄ました。

瞬間、ガタッと中で音がした。

お市は一旦石段の下に身を隠す。

再び中で、物音が立て続けにした。大きな音ではない。ただ、間違いなく聞こえてくる聞き慣れた音。

——中で人が動いている足音。

お市は、石段の下から再び上がった。

廃寺であるから、宿無しや安宿からあぶれた旅人、あるいは夜鷹が客といる場合などもあり、必ずしも小四郎とは限らない。

お市は一段、一段、踏みしめるように上がっていく。中の音は続いており、それが段々大きくなってきた。

——つまり出てくるってことか。

お市は今度はお堂の入口の横に、身を潜めた。

場合によってはやり過ごすこともあるからだ。

中の足音はまだ続いている。お市は息をひそめていた。

やがて、足音はお堂の入口まで来た。扉が、ぎっと音をたてて開き始める。

お市の目が、扉に釘付けになる。

——小四郎なら、右腕に入れ墨を消した傷。そして向かって右の首の付け根に黒子。

お市はもう一度、小四郎の特徴を思い出していた。

扉が音を立てて開いた。

そして中から、男が出てくる。

「あっ」

お市は隠れながら、声が出ていた。

「誰でぇ」

男は匕首を握っている。

しかし次の瞬間、男の動きは止まった。

お市もジーファーへ伸びた手が止まる。

「長兵衛さん」

「お市……かよ」

「どうして、ここに」

「そりゃ、こっちの台詞だ」

ふたりはしばし、驚きあった。

「俺は、言ったとおり、盗賊宿らしきところを当たってた。ここが、お前さんに聞いた三崎屋に近いのが分かったんで来たんだ……」

長兵衛はそう言って、お市を見た。

「お前さんはなんで」

「引き込みらしき人の話を聞いたものですから。ここへ来ていたみたいだったので」

「そうかい。いやあ、すごいな。お前さんは……」

長兵衛はにっこりしたが、その後、急に厳しい顔になった。

「実は、中に小四郎がいる」

「えっ」

お市が驚くと、長兵衛がそれをおさえるような仕草をした。

「もう、死んでるがな」

「本当ですか」

長兵衛は頷いた。

「ああ、間違いねぇ」

「どうして」

「分からねぇ」

長兵衛はそう言って、再びお堂に入っていく。お市も続いた。

「今、見つけたばかりで、届けに行くか、お前ぇさんに言うか、迷っていたところなんだよ。ちょうど、良かった」

中へ入ると、すぐに古びた丸い部屋がある。真ん中には恐らく仏様が鎮座されていた場所があるが、仏像はすでにない。ボロボロになった床板や壁板であるが、布団なども置いてあり、雨露をしのぐのには、十分だ。

そしてちょうど仏様がいた場所あたりの布団を長兵衛が指した。

布団の上に、男が横たわっている。

たしかに、誰が見ても、男の顔には生気が無く、息もしていない。

お市は、すぐに右腕と右の首の付け根を見た。

右腕には焼かれたような傷痕がある。赤く、醜く、えぐれたような痕だ。

首の付け根には大きな黒子が見えた。

「間違いねぇ、漁火の小四郎だ」

お市はただ、呆然としていた。

万七が必死で捕まえようとした白波の牛松一味の中で、万七の手から逃れてずっと逃げていた小四郎が、今目の前で、死体になって転がっている。

十年前に死んだんじゃない。目の前の死体は、少なくともこの前、三崎屋で仕事をしたのは間違いない。ついこの間まで、この江戸で生きていたのは間違いなかった。

——あたしが、万七さんの後始末をできたのに。

お市は唇を噛んだ。

「あっちを見てみな」

長兵衛は小四郎の死骸の更に向こうで、陰になっている所を指した。

お市は少し身を乗り出して、ぎょっとした。

若い男と女が死んでいる。

女の赤い襷が目に入った。

丁稚の話が思い起こされる。

「お時さんはいつも赤い襷を巻いているんです」

——引き込み役と図面役のふたり、お時と常吉か。

お市は万七以外の死体を見たことは、ほとんどない。

しかし今は不思議なほど、怖くもなく、気分が悪くもならない。ただ、万七の残した仕事を己の手で決着できなかったことが残念でならない。

お市は長兵衛を見た。

「誰がこんなことを」

「よく見てみな」

長兵衛が、三人の死体を指した。

「おそらく自害だろ」

「自害……」

「盗賊稼業に疲れたのかもな」

お市はもう一度亡骸を見ようと近づいた。

「よしな」

長兵衛が止めた。

「お前ぇさんみてぇな若い娘が、まじまじと見るもんじゃねぇ」

お市はそれでも、目を離さない。

いずれも刺された痕があり、小四郎の隣には匕首、お時と常吉の横には、包丁と短刀があり、いずれも血まみれだった。

確かに自害に見える。

――ただ、十年も逃げ回った小四郎が、ここで急に死ぬだろうか。

お市にはにわかに信じられなかった。

常吉とお時に目をやる。

――こっちだってそうだ。別に引き込みがばれたわけではない。追われてもいないのに、死ぬ必要はないはずだ。

そんなお市の思いを見抜いたかのように、長兵衛が言った。

「引き込みと図面調達役は、小四郎の仕事と一心同体みたいなものだった。それは昔からずっとだ。だから一緒に死んだのかもな」

長兵衛はそう言うと、上を見上げた。

「悔しいよ」

長兵衛が言った。

「万七親分の取り逃がした分を俺がと思って江戸に来たが、地獄へ逃げられちゃ、もうお縄にはできねぇ」

長兵衛が肩を落としている。

――あたしと同じ気持ちなのか。

信頼できる長兵衛だっただけに、この結末は余りにもやりきれない。

――花を持たせてあげたかった……

しばらくふたりは無言でいた。

その間も、お市は死体を見続けている。

「お市よ」

長兵衛が真剣な顔をすると、二分銀を二枚出した。

「お代だ」

「えっ」

「お前ぇさんの仕事賃だよ。どうやら、悔しい結果で終わったようだし」

「お金は長兵衛さんから貰うつもりはありませんと言いましたけど……」

「いや、この有様じゃ、お上もくれねぇだろ」

お市は黙って頷く。

「だから、とっといてくれ」

長兵衛はそこでもう一度お市を見た。

「その代わり、もうこれ以上動く気力がなくなっちまった。年だね。常陸に帰る。奉行所に届けて、後始末を頼む」

「それは、構いませんが。小四郎の死体には褒美が出るかも――」

「なら、お前ぇさんが貰いな」

「でも」

「それだけのことをお前ぇさんはしたんだから」

長兵衛はそう言って、優しそうな微笑みを見せた。

――本当にいい人なんだ……

長兵衛はもう歩き出している。

「長兵衛さん」

「世話になった。面白かったぜ」

長兵衛はそう言って、参道から境内の外へ出て行った。

「自害か」

お市はそうつぶやくと、お堂を出た。

「伊之助を呼ぶしかないか」

お市はため息をついた。

そしてなぜか、三人の死体から目を離せないでいた。

四、

「お市、入るぜ」

朝、まだ暗いうちから、外で伊之助の声がしたかと思うと、戸が開いた。

「何、こんな朝早く」

お市は四畳半の部屋から、怒鳴り返した。

しかし戸は乱暴に開き、伊之助、そして後ろから、仁杉が入って来た。

「お市、聞きてぇことがある」

仁杉の声が響く。いつになく目が鋭く尖っている。

「まず、報せがある」

「あたしにですか」

「ああ、お前ぇとつるんでた奴の話だ」

「はあ」

「長兵衛だ。元岡っ引きの」

お市は横を向いた。仁杉はその方向へ立った。

「殺されたぞ」

「えっ、長兵衛さんが」

さすがにお市も驚きを隠せない。

――あんないい人がどうして……

「常陸へ帰る途中、というか、江戸を出たところで、ぶすっとやられちまった」

仁杉はお市を見た。

「お前ぇ、まあ、とことん、長兵衛に使われたようだな」

「依頼されましたからね」

「一両貰って、盗賊の手伝いか」

「えっ」

仁杉はどかっと上がり框に腰を下ろした。

「お前ぇは本物の馬鹿だよ」

仁杉の物言いがいつも以上に容赦がない。

「あの長兵衛は、小四郎の仲間だったんだ」

「はっ、どういうこと……」

「いいか、十年前に、白波の牛松をお前の親代わりの万七が捕まえたんだが、罠を掛けた……」

そこで仁杉の顔が怖くなった。

「どんな罠か俺もこの十年ずっと知らなかったんだぜ。そしてなぜか終わった後も、万七は言わなかった。ところが、長兵衛は知っていたって、この間、三人の死体を届けたとき、お前は言ったな」

「ええ、図面調達役と引き込み役を万七さんが知っている人にやらせたって」

「そこなんだ。万七の掛けた罠で、白波の牛松一味は一網打尽のはずだった。だが、漁火の小四郎だけには逃げられた。で、罠の中身を知っていたのは、万七以外では長兵衛だけだ。てことはどうなる……」

「…………長兵衛が小四郎に漏らした」

「まだおつむは廻っているようだ。そうだ、だからふたりは繋がっていたとすると、その後の話が納得できる。常陸で大きな味噌問屋を継いだって言うが、江戸の岡っ引きがそんなことできるのか。継げるんなら、若い頃から継いでるだろ。これも俺は不思議だった。でも、今は不思議でも何でもねぇ」

「小四郎から金を貰った」

「としか考えられねぇ。それを元手にしたんだ。確かに、万七が折角ほとんどを捕まえたが、金はかなり持って行かれたからな」

　お市は頭が真っ白になっていたが、それでも反論した。

「でも、だったら、なんでわざわざ常陸から出てきたんです。向こうでは、左うちわだったんでしょ」

「そこよ。さっき常陸から早飛脚が戻ってきてな。味噌問屋はかなり危なくなってるらしい」

「それじゃ……」

「小四郎にもう一度金をたかろうと思って来たんだ」

　仁杉は吐き捨てるように言った。

「長兵衛は万七が死んだことを知ってたか」

「いいえ、知らないって……」

「違うな。知ってたんだよ。もし生きてりゃ、万七なら、必ず長兵衛のことを見抜くはずだ、奴以外、罠を漏らした奴はいないってな」

　仁杉はそこでお市を見据えた。

「ただ、万七が死んで、跡をとってるのがお前だってことで、いけしゃあしゃあと現れて依頼をした」

　お市は泣きたくなるのを必死で耐えている。

　仁杉の言葉は容赦ない。

「色々と騙す為の道具が、お前だ」

　そこで仁杉は立ち上がった。

「まあ、また話を聞かせてもらうかもしれねぇ」

　仁杉は出て行こうとしたが、振り返った。

「おっと、忘れてた」

　仁杉はお市を見た。

「長兵衛を殺したのは、小四郎だ」

「えっ、だって、小四郎は……」

「お前が見せられた寺の死体は、別人だったんだ。つまり、それが小四郎だっていう証人にさせられたのがお前だ。芝居に引っかけられたんだよ。長兵衛の口車に乗って、小四郎が死んで悔しいとか言ってたらしいな。とんだお笑い草だ」

仁杉は再び背中を向けた。

「小四郎は、己が死んだことにして、うまく逃げられると思ったはずだ。恐らく長兵衛がそれを秘密にしておくからと、さらに金を無心したんだろうな。小四郎は、そんな長兵衛を殺して口を封じたんだよ」

「小四郎は殺しなんかしないって……」

「それは、押し入った先での話だ。己の身を守ることに関してはちがったんだろうよ。長兵衛もそうだ。身代わりに殺された男も。そして図面調達役と引き込み役なんてのは、その店だけにしか使えないから使い捨てにしたんだ」

仁杉は戸に手を掛けて開けるとよろず屋の看板を見た。

「もう、こんな看板、下ろせ」

仁杉はそう言うと、歩いて行く。

土間にはお市と伊之助だけが残った。

お市の目に涙が溢れてくる。

「お市」

「見ないで」

お市は顔を隠すと、伊之助の身体を外へ押しだした。

「帰って」

「お市……」

「帰れ」

お市の声が涙声になる。

伊之助はすごすごと出て行った。

その途端、お市の両目からどっと涙が流れ出た。

「万七さん、あたし、どうしたら、いいの」

いつもなら聞こえる万七の声が聞こえない。

「ねえ、どうしたらいいの」

お市はいつまでも泣き続けていた。

第四話　父母慕情

一、

「お市、えらいことしてくれたな」

万七の声は、いつになく厳しい。

「この看板に泥を塗るってのはこういうことだ」

入口にかかっていた『よろず頼みごと　ねずみ家』と書かれた欅板の看板を万七が抱えている。

「もう、こんな看板掲げるのはやめるこった」

そう言うと万七は看板を下に置き、両足で踏みつける。看板がめりっと音を立てて、割れていく。

「なにするの、やめて、万七さん」

「もう辞めた方がいいな」

振り向くと、顔が真っ黒で見えない男が立っている。

しかしお市には分かる。

「おとっつぁん」

「お市、お前に、盗賊を追うなんて無理な話なんだ。さっさと辞めろ」

お市の父の見えない顔から声だけがする。

「迷惑かけてばかりじゃないか」

お市は涙が出そうになった。

「そうだよ、お市」

今度は横合いから母の声がした。

こちらも顔は真っ黒だ。ただし、髷に差さったジーファーは、お市が持っているものと同じだ。

「そんな商売、女には向いていないのよ」

母の顔がお市の方を見た。

むろん、その目がどこを見ているかは分からない。

しかし、お市にはよく分かった。

母親の厳しい目が、己の顔をにらんでいるのを。

万七の足下で看板が真っ二つになっている。

──あれほど、万七さんが自慢していた看板なのに。

今はその万七自身の足で、壊されている。

お市の目から、涙が溢れ出るのが分かった。

三人の目が、冷たくお市を見ている。

「万七さん」

「おとっつぁん」

「おっかさん」

お市は何度も、大きな声で叫んだ……


「おい、お市、居るのは分かってるんだ。ちょっと顔だけ見せてくんな」

下から家主の正吉の声がする。

「店子が生きてるか、死んでるか確かめるのは、大家の仕事なんだよ」

正吉の声が響きわたる。

二階で寝床に入ったまま、お市はまるで無視していた。

──あたしが生きてようが、死んでようが、構わないくせに。

生きてりゃ、店賃を払うかどうかが心配で、死んでりゃ、次の店子を探す面倒があるだけだろう。

「おーい、お市！」

正吉はそれでも何度か声を掛けていたが、やがて真剣な声で言葉を発した。

「いいか、ずっと返事がないと、本当に死んだものとして、扱うからな」

——勝手にすれば。

日頃から、人の生き死になんかどうでもいいと思ってるくせに。

正吉はそれでも何度か呼びかけていたが、結局あきらめたのか、戸が開く音がして、外へ出て行った。

再び睡魔が襲ってくる。

もう刻限も日付もよく分からない。

ただ、眠りたいだけだった。

それから、また一日か二日経ったろうか。

下で声がした。

「お市ちゃん、いるかい」

音松《おとまつ》の声だ。

「本持って来たんだよ。新しいの」

貸本屋の音松は、十日おきくらいに本を持って来てくれる。

しかしお市は今、本を読む気にもなれない。

「前の本は貰っていくからさ」

音松が上に向かって声をかけるが、お市は黙っていた。

何の気力も湧かない。

本を返したいと最初は思うが、次の瞬間にはもうどうでもよくなる。

死骸とあまり変わらないのかも知れない。

——どうせ死んだら、だれかが片づけに来て、貸本は返すだろうし。心配しなくたってい
い。

「お市ちゃん」

音松が心配そうな声を出す。

「どこか具合でも悪いの」

お市は寝床で首を振った。

「また、来るね」

音松はそれだけ言い残すと出て行った。

そして、再び寝床で刻が過ぎていく。

そのうちに、お市は深い眠りに入っていった。

はっと飛び起きると、お市は周囲を見た。

いつもの二階の寝床に変わりない。ただ、ここ数日は、万年床のように敷きっぱなしで、ほとんど横たわっていた。

障子から、明るい日差しが、差し込んでいる。

日が昇って、もうかなり経っている。

お市は布団にもう一度、転がった。

常陸から出て来た、万七と一緒に盗賊を追ったという長兵衛の口車に乗せられた一件以来、ずっとである。

南町奉行所同心、仁杉半兵衛の話によれば、約十年前に逃した盗賊、漁火の小四郎が、実は長兵衛とぐるだったことを聞かされたことが、お市の胸を切り刻むように響いている。

万七が折角追いつめながら、長兵衛の裏切りで逃げた小四郎。

そして十年ぶりに戻って来た小四郎を追っているつもりが、長兵衛に利用されていた。先に小四郎の元へたどりつかれてしまい、引き込みと図面役を殺されたうえ、間抜けにも小四郎と偽った亡骸を見せられて納得した己が情けない。

しかも、小四郎に金を無心したなれの果てなのか、長兵衛の死体がでてきた。

——万七さんに申し訳ない。

お市は涙に濡れた顔を布団で拭う。埃の匂いがした。

何日も閉め切ったままの部屋で、敷いたままの布団にただ転がっている。その間、ほとんどものを食べていない。喉が渇くと、下りて水を飲むのがやっとだった。

食べていないのにまるで空腹感がない。

――このまま、死んでしまうかも。

お市は、そんなことを思いながら、横になっている。

それは、それでいいかもしれない。

万七さんを裏切った長兵衛にいいように騙されていたようなあたしは、きっと生きていてもろくなことはないだろうし。

死んだおとっつぁんや、おっかさんのところへ行って、顔を見たい。

そして万七に拾われる前に一緒に暮らした猫の寅とも、もう一度会いたい。

――死ねば、会えるのかな。おとっつぁんや、おっかさんにも、万七さんにも、寅にも。

お市はそんなことを思いながら、寝っ転がっていた。

「お市ちゃん」

外で声が聞こえた。

「お市ちゃんてば」

大きな女の声がする。

「お銀さん……」

お市は、瞬間飛び起きていた。

「入るよ」

下の土間に声が響いて、戸が開く音がした。

お市が恐る恐る、階段を下りていくと、土間に立つお銀が見えた。

「お銀さん」

下りながら、お市は思わず叫んでしまう。

「お市ちゃん」

大きな風呂敷包みを持ったお銀は、その切れ長の目をお市にむけると、満面の笑みを浮かべた。

「ああ、良かった。生きてたあ」

お銀はそう言うなり、風呂敷包みを下ろすと、手を広げた。

お市も裸足のまま、土間へ降りる。

「お銀さん」

「お市ちゃん」

ふたりは抱き合うようにして、しばらく顔を見合った。

「心配させないでよ」

お銀がしみじみと言うと、お市は何も言えない。

「全然、顔見せないし、近所でも見かけないって聞いたから、あたしびっくりしてね……

…」

「……す、すみません……」

お銀は間近でお市の顔を、まじまじと見た。

「げっそりしてるよ。何も食べてないんじゃあないの」

お市は図星をつかれて何も言えない。

「どうしたの……なんて、聞かないからさ」

お銀は、さっき土間に置いた風呂敷包みを指した。

「ご飯持って来たの。一緒に食べよ」

お銀の優しい言葉と同時に、お市の腹の虫が鳴った。


「美味しい、本当に美味しいね」

お市の食べっぷりにお銀は笑みを見せた。

お銀が風呂敷に包んで持って来た重箱には、飯を含めて、玉子焼き、秋刀魚と鰯の焼き魚、大根煮、蕪煮などが、ぎっしり詰まっていた。

お市は見た途端に、かじりついた。

普段なら人前でそんなことは絶対しないのに、お銀の前だと子どもに戻れた。だから、魚もかぶりつく。

「お市ちゃん、食べながら喋ると舌を噛むよ」

「え、だって、本当に……あっ、痛い……」

お市が本当に噛むと、お銀はしようがないなという顔になった。

お銀は、お市の住む常盤町の隣、森下町で三味線の師匠をやっている。昔、まだお市が幼い頃、習っていたことがあった。

そしてよろず屋の仕事の忙しさにかまけていたが、お市は折々、必ず顔を出していた。そして三味線を弾いたり、ご飯を食べさせてもらっている。

「お市ちゃん、駄目だよ。食べなきゃ」

「うん、うん……はい……」

お銀の持って来たふわふわの黄金色の玉子焼きや、焦げ目のついた焼き魚を食べていると、涙が止まらなくなってきた。

「やだ、どうしたの」

お市は涙を拭う。

「ご飯食べながら、泣くなんて」

「そう、そうよね、変よね」

食欲が無いと思っていたが、お銀の顔を見た途端に、空腹感が一気につのり、食べるのが止まらない。

――どうしてなんだろう。

お市は玉子焼きを頬張りながら、考える。

お銀さんといると、ほっとするからかな。

「でも、ご飯は食べなきゃ。お金が無いのかい」

お銀の問いに、お市は首を振った。

「それは大丈夫」

お市にしては、まだ懐は温かいほどだ。

奇しくも、長兵衛に貰った一両は、まだ手つかずに置いてある。

「まあ、とにかく、食べよう」

お銀は優しい声を掛ける。

「うん」

頷いたお市は今度は飯をかきこんだ。

「ふう、食べたねえ」

四半刻後、お銀は空になった重箱を持ちながら、半ば呆れ声を出した。

お銀は竹水筒を出した。

「お茶を淹れてきたんだ。湯飲みある？」

お市が慌てて、己のともうひとつ出した。

「どっちがあたし」

お銀が尋ねると、お市は一旦、万七の無骨な黒藍色のものを指したが、すぐに桜色の己の湯飲みを指した。

「こっちがお銀さん」

「ああ、はい。お市ちゃん、随分渋い湯飲みで飲むのね」

お市はにっこりして頷いた。

お銀は察しがいい。

「それ、ひょっとして、万七さんの……」

「そう」

「ふーん、やっぱり、万七さんのは大事なんだね」

「違いますよ。こんな暗くて重い湯飲みなんて、お銀さんに合わないから」

「まあ。万七さんが聞いたら、怒るかもよ」

お銀は微笑んだ。しかしお市の心は沈んでいく。

「あれ、何か、まずいこと言った？」

お銀が尋ねると、お市が首を振った。

「どうかしたの」

お銀が優しい声を出す。

それまで何とか堰き止めていたお市の胸の中のものが、その声を境に一気に流れ出していった。

お市の話をお銀は静かに、そして時折頷きながら聞いている。

お市も、自然、ゆっくりと落ち着いて話ができた。

そしてさっきまで見ていた夢の話までした。

「そうだったのかい」

聞き終わったお銀はそう言うと、お市をいとおしむように手を握った。

「辛かったね」

お市は黙って頷く。

お銀もしばらく何も言わずに、お市の手を握っていたが、やがて口を開いた。

「でも、万七さんはそんなこと思ってないよ」

「えっ」

お市はお銀の言葉を思わず聞き返していた。

「そりゃ、お市ちゃんがその長兵衛って奴に騙されたのは悔しいだろうし、腹も立ってるだろうけど、お市ちゃんのことは悪く思ってるはずがない」

「……そうかな」

「だって、万七さんが取り逃がした盗賊を一生懸命追いかけてたんだよ。それだけで、もう十分って思うはず」

「でも、逃がしちゃったから」

「それは違う」

お銀は凛とした声を出した。

「己の為に一生懸命やってくれたら、もう、それだけで嬉しいものよ。ましてや親なら間違いなく、そうだよ。万七さん、きっと今頃、喜んでると思う」

お市はしばらく絶句した。

お銀の言った「親なら間違いなく、そうだよ」の言葉が、頭の中をぐるぐる廻っている。

――万七さんは、あたしの親だから。

お市は、今更ながら、その言葉を噛みしめていた。

ふたりで過ごした時間は間違いなく、父娘のそれであり、今、お市がなぜ、ねずみ屋を継いだのか――、万七が親だったからではないか。

そう思うと、お銀の言葉が本当にありがたかった。

――子が親の為に一生懸命したことは、どんな結果になろうとも、親は嬉しいものなんだ。

お市は身体に力が戻って来るのが分かった。

「お銀さん、ありがとう」

お市はお銀に抱きついた。

「うわっ、何、びっくりするじゃない」

お銀は驚いている。

「あたし、もうちょっと生きてみる」

「何、言ってるの、もうちょっとなんて……」

「そうね。生きてみる」

お市は力強く、頷いていた。

「三味線はなかったよね」

「うん、でも、唄なら歌える」

お市はそう言うと、歌い出す。

「丸髷に　結われる身をば持ちながら　粋な島田や」

お銀も加わった。

「ホントにそうだわね　チョイト　銀杏返し　取る手も恥し　左褄　デモネ」

そうしてふたりはしばらく次々と唄を歌った。

もう半刻も過ぎたかもしれない。部屋の中で分かりにくいが、日はもうずっと高くなり、天辺近くまで来ているようだ。

ふたりがそれでも歌っていると、いきなり戸が開いた。

「随分とご機嫌なようだ」

入って来たのは、明らかに十手持ちと分かる男だ。

まだ三十くらいであろうか。相撲取りのような巨軀だが、動きは身軽でひらりと中に入って来た。

「万七親分さんの家だったらしいな」

男は不躾に言う。

お市が何か言おうとすると、先にお銀が口を開いた。

「あんた、誰だい」

男がこれ見よがしに十手を握った。しかしお銀は怯まない。

「それじゃあ、どこのどなたか分かりませんが」

男は苦笑した。

「違ぇねぇ」

男は、戸の外を見た。別の若い男が入ってくる。

「伊之助」

お市は思わず声を出していた。

「お市、変わりねぇか」

伊之助は真剣な声で聞いた。恐らくずっと家に籠もっていたお市のことを、伊之助なりに心配していたのだろうか。

「ええ、おかげさまで」

いつもの減らず口が出て、逆に伊之助の顔が緩んだ。

「どうやら、無駄な心配だったか」

そこで先に入っていた巨体の男を指した。

「本所の権六《ごんろく》親分だ」

権六は少しにやりとした。

「名前だけじゃ、分からないね。何の用があるんだい」

お銀が権六をにらんだ。

「何だ、その口の利き方は」

権六がお銀に詰め寄ると、お銀も立ち上がった。

「そっちこそ、なんだい」

「ああ、そこまで、そこまで」

伊之助が間に入る。伊之助は己の縄張りが森下町も入っているので、お銀のことは知っている。

「お銀、その辺にしとくんだ」

お銀が不服そうに伊之助を見た。

「ふん、女だと思って、あたしやお市ちゃんをなめてんじゃないかと思ってね……」

お銀はそこで権六をねめつけた。

「こっちだって色々伝手はあるんだよ」

――確かに、そうだ。

お銀は三味線の師匠であり、その美貌のせいもあってか、男の弟子も大勢詰めかけていた。その中には、武士も数多くおり、中にはかなり高位の者もいる。

――その辺りを動かせば、岡っ引きのひとりやふたりなど、たやすく捻りつぶせるだろう。

伊之助はさすがにそれも心得たもので、お銀をなだめるようにしながら、権六の方へ向いた。

「権六親分、お市はあっちですぜ」

「ああ、分かってる」

権六はお市を見た。

「ちと、一緒に来て欲しいんだ」

「あたしが」

お市もお銀に負けない声を出す。

「何の用でしょうか」

お市は己でも、驚くくらいの強い声が出ていた。

さっきまで死にそうになっていたのが、信じられないくらい、元気だ。

しかし、権六の次の言葉に、お市の顔は凍りついた。

「お前ぇの変わった簪のことでな――」

権六はお市の髷をじろじろと見て、指さした。

寝起きのまま、お銀と会ったお市だが、寝るときも髷に差したままの時が多い。

〝お市、侍は寝るときに横に刀を置いて寝るもんだ。いつ、何があるかわからねぇからな〟

万七の顔が少し微笑んだ気がした。

〝だから、寝るときも用心しな。簪を差したまま寝るのもいいかもな〟

言われた時は、さすがにどうかと思っていたが、今、ひとりでよろず屋をやるようになってからは、心掛けている。

しかし、今は、それが失敗だったようだ。

「そいつだ、そいつ」

権六は勝ち誇ったように言うと、近づいてジーファーを抜こうとした。

「何、するんだい」

叫んだのはお銀だ。

「髪は女の命って言うだろ」

「なんだと。その簪が大事な証拠なんだよ」

「何の証拠だい」

「人に大怪我させたんだよ。何人も……」

そこで権六は懐から手拭いを取り出すと、それを開き中から簪を出した。

お市のジーファーである。

「こいつで刺されたのがいてな。命すら危なかった若い男もいたんだぜ。入江町の方だ」

権六の言葉で、一気にお市の頭にその時のことが浮かんだ。

――あそこにいた、若い男たちのことだ。

お松、山吉という姉弟を捜す依頼を受けたとき、争いになった若い男の何人かをジーファーで撃退したが、その際にかなりな傷を負わせたことは覚えている。

そして咄嗟にジーファーを投げたことも、それがそのままだったのも、記憶にあった。

――失敗した。

お市は心の中で後悔していた。

お市は仕事の最中に襲われて仕方無く、相手を傷つけた。

これが岡っ引きだとか奉行所の人間なら、誰も罪には問わないだろう。

ただ、今のお市は、只のよろず屋だ。誰かが守ってくれるわけじゃない。

容赦なく罪に問われるかもしれない。

「そのことで、ちょっと顔をかしてくんねえか」

権六が低い声で言うと、伊之助がお市に目配せした。

——おとなしく従えって、ことか。

伊之助は、万七を裏切ったいけすかない男だと思っているが、おとしいれるようなことはなかった。

——信じるか、信じないか。

挙げ句に地獄ってこともある。

——ただ、この場を逃れても、逃げ通すのは難しいか。

お市がそう思うと、お銀が何か言おうとした。

「ああ、大丈夫よ。お銀さん」

お市が慌ててお銀を制した。

「えっ、だって……」

お銀は不審そうな顔をした。

「お市ちゃん……」

「ちゃんとかたつけてくるから」

お市はそう言うと、権六を見た。

「今、支度します」

「ああ。分かった」

権六は頷くと、先に往来へ出た。

伊之助はお市を待つように、土間に立っている。

「じゃ、お銀さん、あたし行ってくるから」

「大丈夫かい」

「うん」

お市はいつもの打飼袋を背負うと、土間へ立った。お銀も出てくる。

往来へ出て振り返ると、『よろず頼みごと　ねずみ屋』と太い文字で書かれた欅の看板が心なしか暗く薄汚れているような心持ちがした。

二、

「どこへ行くんですか」

お市は竪川に架かる二ツ目之橋を越えたところで、前を行く権六に尋ねた。

「もう、ちょっとだ」

権六は背を向けたまま言う。

振り返ると、伊之助がぴたりと後ろについている。

「ねえ、どこへ行くの」

「さあな」

こちらも首を傾げるだけだ。

――様子がおかしい。

お市はそう思いながら、髷のジーファーに手をやった。いざとなると、頼りになるのはこれだ。

――ただし、相手はふたりとも親分と呼ばれる岡っ引きだ。

一番敵には回したくない相手である。

いざとなったら、手下や奉行所の捕り方まで連れてくることができる。お市に勝ち目はない。

――手下……

その時、お市の頭に大きな疑問がわいた。

――手下がいない。

親分と呼ばれるような岡っ引きには、手下が何人かいる。万七が親分と呼ばれていた頃は、いつも家には六、七人の若い男が出入りしていた。伊之助もそのうちのひとりで、お市とは長いつきあいだ。

しかし今、ふたりの周囲には誰もいない。

――やっぱり、まともじゃなさそうね。

そう思いながらも、お市は歩を進めるしかなかった。

走って逃げるのはたやすい。女韋駄天と呼ばれるお市にとっては、相手が権六と伊之助なら勝てるだろう。

――でも、その後、どうするか。

急に朝方の重い気分が蘇ってきた。

――逃げるっていうのは、行き先がある人のやること……

お市には行き先がなかった。

ねずみ屋に帰っても、そこには誰もいない。

お銀の家なら入れてくれるだろうが、だからこそ、迷惑をかけることになるから、絶対行くことはできない。

迷惑を掛けてもいい、甘えてもいい相手。

万七や両親は、もうこの世にはいない。

「どうしてぇ」

後ろから伊之助が声を掛ける。

「別に」

お市はぷいと横を向くと、足を速めた。伊之助が追うように、ついてくる。

「心配はいらねぇから」

伊之助はそうつぶやいた。

その言葉に信用がおけるのかどうか、お市にはもう分からない。

「誰も心配なんかしてないよ」

お市はそう強がるのが精一杯だった。

竪川を渡ると、すぐに右に曲がって通りを歩いて行く。

以前、お松と山吉を助けに行ったのも、入江町の辺りだから、当然と言えば、当然だが、もし入江町まで行くなら、もうひとつ先、北辻橋の手前を左に入るはずである。

三ツ目之橋まで来ると、そこで左に入った。

――そろそろ、何かあるかも。

お市の手は、自然に髷のジーファーを握っていた。

入った道は松平能登守、松平筑後守、土岐豊前守といったお市でも、知っている大大名の屋敷をはじめとして、ずらりと武家屋敷が並んでいるところである。

従って、人通りは多くはないが、決して危険そうな場所でもない。

南割下水を渡ると、今度は町人の住む長屋が建て込んでいる。

――三笠町……

そう思った瞬間、お市の頭に、お松と山吉の義父で、山吉を慰み者にしようとした辰次の言葉が蘇った。

「ああ、そういや、気になってたんだが、その簪だけどな……」
「それ、昔、近所にいた女が同じようなのをしてたんだよな」
「えーっと、確か三笠町にいた頃だから、もう十年以上前になる。名前は知らねぇなー」
「綺麗な女なんで、顔だけ覚えてたんだよ」
「いや、何もな……この、唇の右の横に黒子があってな、それがまた色っぽくてよ」

お市のジーファーを見て、辰次が残した言葉である。ジーファーは母親が遺してくれた唯一の形見だ。

それを見て髪結いの亭主でもあった万七が、同じ物を何本も注文して揃えてくれた。今はそれを髷に差したり、懐に忍ばせたりしているが、元はその母親の遺してくれた一本であり、鏡台の引き出しにしまってある。

――おっかさんがいた場所……

お市は思わず周囲を見回していた。

もちろん、何を探すというわけでもなく、手掛かりもない。

思い出しても、いまだに記憶の中の両親の顔は真っ黒で見えない。

「どうした」

再び伊之助が後ろから尋ねた。

お市は構わずに、周囲を見ている。

「そんなにこんな小さな長屋が珍しいか」

お市はそれでも相手にしない。

「おい、聞いてるのか。俺はわざわざ、お前ぇの為を思って……」

伊之助が声を荒らげた時、権六が振り向いた。

「おい、着いたぜ」

権六の目の前には、汁粉屋がある。

番屋でないのは、やはりおかしい。ただ、汁粉屋というのは、さすがにお市も予想もしなかった。客も入っている。

——こんなところで、何をするんだろう。

今まで、己の身の危険ばかりを心配してきたが、どうもちょっと様子が違うようだ。

「こんちは」

権六は急に愛想のいい笑みを浮かべると、中へ入った。

「あら、いらっしゃい」

前掛けをした若い女が、微笑んだ。

「ああ、奥に居るよ」

その後ろから出て来たこちらはもう五十は越えたと思える女が、権六に言う。汁粉屋の婆さんが、岡っ引きに対してする口の利き方ではない。

お市は不思議そうに見ていたが、権六は逆に頭を下げた。

「じゃ、上がらせていただきやす」

権六はそう言うと、お市と伊之助を見た。

「さっ、ふたりも上がりな」

お市と伊之助は同時に頷いた。

上がったところには廊下があり、すぐ先に十畳ほどの部屋があった。権六はそこへ、ふたりを招き入れた。

「まっ、座んねぇ」

権六はわざわざ己で座布団を持ってきて、二人分敷くと、笑みすら見せた。

「ちょっと、待ってくんな」

権六はそう言って、廊下に出ると更に奥へと向かった。

「急に愛想が良くなったんだけど」

伊之助とふたり残されたお市は、ぼそっとつぶやいた。

「ははは、とって食われるとでも思ったか」

伊之助が歯を見せた。

「あの権六さんは、恵比寿顔の権六って言ってな、岡っ引きでも珍しく愛想のいい人なんだよ」

「じゃ、さっきのは何」

「さあ、何かわけがあるんだろ」

伊之助は惚けたような顔をした。

「万七さんから乗り換えたんだ」

「何のことでぇ」

「手下のこと」

「はっ？」

「今度は、あの権六の手下になったんだと思ってさ」

「何ぃ！」

伊之助の役者のような白い顔が、真っ赤になった。

その時、廊下に足音が響いた。部屋の襖が開く。

「待たせたな」

権六がそう言うと、後ろから男が出てきた。

六十近くと見える初老の男で、頭は胡麻塩で、顔には無数の皺が刻まれている。ただし、その目はまるで獲物を追う鷹のように鋭い。

「さっ、親分、どうぞ」

「だから、いつも言ってるだろ、もう、お前が親分なんだって」

「いや、それはそうですけど、親分……」

「また、言った」

「いや、親分、すみません」

権六が頭を下げると、初老の男は呆れたような顔をして、入って来た。

男は向かい合うように座ると、お市の顔をその鋭い目で一瞥した。

権六は男の隣に座ると、男の方に手をむけた。

「名前くらい知ってるだろうが、こちらは山猫の佐《さ》助《すけ》親分だ」

「だから、もう、親分じゃねぇって言ってるだろ」

佐助はそれだけ言うと、お市と伊之助を見た。

「汁粉屋の隠居爺の佐助でさ」

佐助が頭を下げたので、お市と伊之助も頭を下げた。

――このところ、出くわすのは、岡っ引きばかり。

この間、騙されたのも、元岡っ引きの長兵衛だった。

権六の言葉が続く。

「伊之助さんはよく知ってるだろ」

「もちろんでさ、佐助親分のことはかねがねうかがっておりやす」

お市はその調子の良さに呆れたという顔をした。佐助はそれを見逃していない。

「お市さんだったな」

「ええ」

「お前さんの親父さんとは、張り合った間柄でな。一時は、深川は万七、本所は佐助でもってるなんて言われたもんだ」

佐助の頬が緩んだ。

「まあ、今じゃ、女房と娘に食わせてもらってるんだが」

岡っ引きは何か商売をしていたり、あるいは女房や子どもにさせていることがほとんどだ。例えば、万七は髪結いの女房を持っていた。

髪結いと汁粉屋の共通点はどちらも女手でやれることだ。

「でも、万七さんにこんな可愛らしい娘がいたとは、知らなかった……」

佐助の顔がそこで急に引き締まった。そして眼光は再び鋭くなり、お市を射貫くようにして見た。

「実の娘じゃねぇようだが」

「ええ、万七さんに拾われました。八つの時。今から十一年ほど前です」

「そうなんだってな」

そこで佐助は権六を見た。

「この権六は元は俺の手下だったんだが、今はしまを継いでこいつが仕切ってる……」

「いや、親分は、やっぱり、まだ親分ですから……」

「何を訳のわからねぇ言葉を使ってんだ」

佐助が権六を叱るように言う。しかし権六はいい笑顔をしている。

「大違いね」

お市は伊之助にそっとささやいた。

「えっ？　何だって？」

伊之助が聞き返す。

「あんたとは大違いだって言ってるの」

伊之助の顔がまた赤くなる。

お市からしてみれば最大の皮肉だった。

万七がしくじりをおかして、岡っ引きを辞めさせられた時、その縄張りは手下の何人かで分けられた。

伊之助もそのひとりだが、以来、万七とは疎遠になっていた。

もっとも、これは万七の方が遠ざけたのだから、伊之助のせいではない。

実際、万七が亡くなってからは、伊之助は用もないのにしょっちゅうよろず屋に顔を出すようになっている。

お市はその度にわざと邪険に扱ったが、伊之助は変わらず来る。

——でも今更、そんなことされてもね。

お市からすると、この隠居した佐助と今の親分、権六の間柄は本当にうらやましくなるものだった。

「で、この権六が聞き込んできたんだ……お市さん、あんた、えれぇ、大立ち回りをしたらしいな」

佐助の顔が綻んだ。

まるで喜んでいるかのような笑みだ。

——これもおかしい。

お市は権六から簪のことを告げられた時、お縄になることまで覚悟していた。しかし今、目の前にいる佐助にそんな様子はない。大体、お縄にするなら、権六がすればいいので、わざわざ隠居の佐助の所へ連れてくる必要はない。

「まあ、少々の喧嘩ならともかく、簪は振り回す為にあるんじゃねぇぜ……」

佐助はお市の顔を見遣った。

「ましてや、お前ぇさんのような若い綺麗な娘が、そんなことしちゃ、興ざめだ」

佐助はそこで権六の方を見ると目で合図をした。権六が懐からジーファーを取り出し、佐助に渡す。

「お前ぇさん、この簪のことを聞き回っていたんだってな」

佐助は受け取ったジーファーをお市の前でかざした。

「何か知ってるんですか」

お市は聞き返した。

お松と山吉の義理の父親、辰次が言い残した言葉を望みにして、この三笠町界隈を聞き回っていたが、収穫は無かった。

佐助はおもむろに頷いた。

「知ってるさ」

お市は叫びたくなるのを抑え込み尋ねた。

「何を知ってるんですか」

「この簪を持っていた女だよ」

お市は思わず立ち上がっていた。

必死で捜したが見つけられなかった母親のことを、この佐助は知ってると言うのだ。

――十一年前のことがとうとう分かる。

そして、これまでずっと真っ黒になっていた両親の顔を思い出すかも知れない。

お市は素早く佐助の前に出る。

「教えて下さい！」

お市の声が大きくなる。

「お願いです……あたしの母親なんです……」

お市が佐助に取りすがらんとすると、権六が止めた。

「ああ、お市さんよ。まあ、そう大声出しちゃ、話すものも話せねぇ」

「まったくだ。権六の言うとおりだ」

佐助も微笑した。

お市は少しだけ下がると座り直した。

佐助が尋ねる。

「先に聞かせてもらうが、お前ぇさん、どうしてこの三笠町あたりで、調べ廻っていたんでぇ」

「それは……ある人が言ったんです。この簪……」

お市は己の髷からジーファーを抜いた。もちろん、佐助が手に持っているものと同じものだ。

「これを見て言ったんです。同じ簪をしてる女をこの三笠町で見かけたって」

「どんな女でぇ」

「唇の右の横に黒子がある、いい女……そう言ってました……」

その瞬間、佐助が権六を見た。

「やっぱり」

権六は頷くと、伊之助の方に目を向けて頷いた。伊之助も頷き返す。

「何か、あるんですか。教えて下さい」

お市が叫ぶと、佐助の鋭い目に哀れみの色が浮かんだ。

「しっかりと聞くんだぜ。お前ぇの親は可哀想だが……」

「殺されました……」

「知ってるのか」

「ええ、その時の記憶はあるんです」

しかし顔は思い出しても真っ黒にしか見えないことは言わなかった。

「そうかい……」

佐助は更に気の毒そうな顔をしたが、すぐに顔を引き締めた。

「それなら、言うぜ。お前の母親、お菊《きく》とその亭主、新吉《しんきち》は、十年ほど前、この三笠町に住んでいたんだ」

——お菊と新吉……

それが両親の名前なのか。

佐助は一旦間を置くと、再び口を開く。

「三日ほどな」

「三日……たったの……」

「ああ。だから、お前は運が良いかもしれねぇ。その三日の間にお菊を見た人に、会えたんだからな」

辰次と会えたことが運が良かったなんて思いたくもないが、確かに三日しかいなかった人を二、三度見かけた人に会うのはなかなかないことだ。

「どういうこと？」

お市はもう必死の形相で尋ねる。

「辛い話になるぜ」

お市は深く頷いた。

それを見て佐助も頷く。

佐助は思い出すように少し上を見た。

「十一年前、お前さんの両親は焼き殺されたんだ」

お市の頭にいつもの悪夢が蘇った。顔が真っ黒になった父と母が、目の前で殺されていく。そしてその姿が炎に包まれていくのである。

――あの記憶は間違い無かったんだ。

「ここから東に少し行ったところの押上村の掘っ立て小屋ごと、ふたりとも燃やされていた」

お市は不思議なくらい冷静に聞けている。

「どうして、そんなことに……」

「実は俺がまだ十手を握ってた頃の一件だ。掘っ立て小屋から、黒焦げになった死体が二つ出た。まあ、顔などほとんどわからねぇ。それでも、近所の百姓がその小屋へ出入りするのを見かけてたから、男と女だってことは分かったが、それまでだった……」

お市は黙って聞いている。

佐助の言葉は続く。

「で、それとは別にさっきの三笠町の長屋から夫婦者が消えたって件があった。三日だけいた夫婦者だ……」

佐助が再び哀れむような顔をした。

「掘っ立て小屋で見掛けた百姓連中と長屋の大家の証言から、背格好や着物、それに最後はその簪を、両方が見ていた。珍しいものだからな……」

佐助はジーファーに目をやったが、すぐに戻した。

「で、同じ男女だと断じたんだ」

――このジーファーが……

お市は髷に手をやりながら、少し感慨深げに触ったが、すぐに言葉を発した。

「そしてもうひとつ。どっちの証言にもあった。小さな七つ八つの娘を連れていたと」

佐助はそこでお市を見て、ゆっくり頷いた。

「お前さんだ」

お市もゆっくりと首を縦に振る。

そしてしばらく感慨深げに目を瞑っていたが、すぐに口を開いた。

「それは殺しですよね」

「ああ、さっき言い忘れたが、ふたりの焦げた死体には刃物傷が山ほどあった」

佐助はそこで、悔しそうに顔を歪めた。初めて見せた表情だ。

「俺は調べはやった。ただ、三日前に来たとあってはどこの誰かも分からない。ただ、お菊と新吉と名乗ってただけだ。大家もそれしか知らないと言う。それで、長屋に身元もわからねぇ人間を入れたのかって怒鳴ると、大家は慌てて言ったよ……」

佐助は、そこでお市を見据えた。

「深川の万七親分の紹介だって。とにかくしばらくの間、置いてくれと来たらしい」

「えっ！」

お市は息が止まりそうになるほど、驚いた。

口が渇いて、息苦しい。

――万七さんとあたしの両親が知り合いだった……

そんな話は全く知らなかった。

八つの時、万七に拾われて来た縁だけだと思っていた。

「それって……」

お市が言いかけると、佐助が言葉を被せた。

「訳ありな感じだ。さっきも言ったろ、俺は、万七さんとはその頃は張り合っていた。向こうは深川、こっちは本所だ。ところが、勝手に本所に入ってきて、意味深なことをした上、その夫婦者が殺されたんだ。こっちとしちゃ、面白くねぇ。当然、万七さんに会いに行ったさ」

「万七さんは何て答えたんですか」

佐助の顔が少し紅潮している。

「家がなくて困ってたから、探してやったと言った……」

「それだけですか」

「ああ、それだけだ」

佐助は自嘲するような笑みを見せた。

「誰が聞いても裏のある話だ。ただ、万七さんの目が、決然としてたよ。これ以上は聞くんじゃねぇってな……」

お市はじっと聞いている。

「……その気迫がすごくてな。こりゃ、死んだって話さねぇと思った。万七さんのことだ、間違いもあるめぇと思ってな。それで十一年前のことはおしまいだ。それ以上は何も出て来なかった……」

佐助はそこで権六を指した。

「ところが、今になって、こいつから、あの時の簪が出て来たなんて聞いたんだ。女だてらに暴れ回って、男を叩きのめした娘がいるってな……もう、大急ぎで捜したよ。で、連れて来て貰ったわけだ……」

お市は何も言えない。

万七と両親が知り合いで、しかも住む場所に困っていた両親に、長屋を紹介したが、わずか三日で行方不明になり、そして焼き殺された。

——どういうことなの？

「ずっと、引っかかってたんだ。もう、娘もどこかで野垂れ死んでるかもなとも思ってた。でも、良かったよ。やっとあんたにたどりついて、伝えることができた。恩に着るぜ……」

佐助はお市をまじまじと見た。

「万七さんがお前さんを育てたのも、きっと両親のことと関わりがあるとは思う……ただ、もう、今となってはわからねぇ……ここまでだ」

佐助はそう言って、お市の前で手をついた。

「よく生きていてくれた。ありがとよ。これでやっとゆっくり眠ることができる」

佐助は感慨深げに言った。

お市が立ち上がる。

「ありがとうございました」

そう言って戸口に向かって振り返ると、権六が慌てて言った。

「ああ、親父さん」

「何だ、権六」

「新吉のこと、まだ言ってませんぜ」

「ああ、忘れてた」

佐助は慌てて、お市を呼んだ。

「お市さん、お市さん、あとひとつ話し忘れたことがあるんでぇ。それはな……」

三、

「正直、驚いた」

伊之助が前を歩くお市に並ぶようにして、声を掛けた。お市は相手にしていない。

「佐助親分がお前ぇの両親を知っていたとはな」

伊之助は首を振りながら、歩く。

「あんたには関わりない」

お市はすたすたと歩いて行く。

もうとっくに竪川を渡り、深川へ入った。

よろず屋のある常盤町までは、もう少しだ。

思わぬことから、呆気ないほどにお市の両親のことが知れた。

――まだ信じられないけど……

伊之助が横に並んでくる。

「それにしても、堂に入ってるじゃない」

「何が」

「立派に佐助親分の手下に見えたよ。大したものね」

「何だと」

伊之助はお市を見た。

「あのな、俺はずっと万七親分の手下で、その縄張りを分けて貰ったんだ。俺にとっては、親分は万七親分しかいねぇよ」

伊之助がむきになるが、お市は構わない。

「どうだかね」

お市がそう言って、また伊之助が真っ赤になった頃、もうふたりはよろず屋のすぐそばに出ていた。

伊之助も、ゆっくりとついてきた。

「まだ用があるのかい」

「いや、ただ……」

「ただ、なにさ」

「お前ぇのことが気になってよ」

「何が気になるんだい」

「当たり前だろ、この間、あれだけ、こっぴどく仁杉の旦那にやられたんだぞ」

「別に」

お市は精一杯の強がりを言った。

今朝方、お銀が来るまで、ほとんど動けなかったことは、黙っている。もっとも、伊之助は毎日のように家に来たので、様子がおかしいことはうすうすは感づいているはずだ。

「とにかく、あんたに用はないから」

お市はよろず屋の方へ、近づいて行く。

しばらくひとりになりたかった。

佐助から聞いた両親のことを、ひとりで考えたかった。

お市は戸を開き、中へ入ろうとした。どうやら、伊之助はついてくる様子はない。

しかし、お市が歩を踏み出した時、伊之助が叫んだ。

「漁火の小四郎や長兵衛のことなんか忘れるんだぜ」

その声がお市の耳に届いた時、お市の心の中で、ぼっと燃え上がった火種がある。

――まさか……

燃え上がった火種が胸の中で、どんどん大きくなっていく。

やがてそれは業火のごとく、お市の体内で燃え広がった。

「伊之助……さん……」

日頃なら、絶対掛けない声を思わず出していた。

もう背を向けて行きかけていた伊之助が、怪訝そうに振り向いた。

「な、なんでぇ」

呼び慣れない名前で呼ばれて当惑しているのが分かる。

「話があるんだよ。大事な話」

お市はそう言って、戸の中へ誘うように手招きした。

——絶対に頼みたくないやつだけど……こいつしかできないかも知れない……

お市に呼ばれた伊之助が早足でやってくる。

「どうぞ」

お市が言うと、伊之助はお市の顔をねめつけた。

「何か、気持ち悪いな」

伊之助は中へ入った。お市が続く。

「頼みがあるんだけど」

お市が戸を閉めながら言うと、伊之助の顔が強ばった。

「何も怖い話じゃないよ」

「誰も怖がってねぇ」

「じゃ、お願いしたいの——」

往来はいつものように先を急ぐ者でいっぱいだった。番頭、手代、丁稚といった連中が、商いの為に町を走り回っている。その横を、魚屋や青物、更には油などの行商人がこれまた急ぎ足で行く。

そしてそんな中では、普段は走ったりしない武家や女たちの足も速くなっているのが、滑稽だった。

「大体、もう店なんてねぇんだよ」

伊之助は吐き捨てるように言った。

「店を捜すなんて言ってないの、生き残った人を捜すのよ」

お市がむっとした顔で言い返した。

「そんな無茶言うなよ。ここが安田屋のあった場所だ」

伊之助は周囲を見回した。

「いまじゃ、長門屋って別の店になってる……」

確かにもう暖簾も看板も違う店名だ。

伊之助にこの前の大失敗のことを言われ、お市の頭の中にある閃きが走った。

そしてその閃きを確かめる為に、もっとも軽蔑していて、仲の悪い伊之助とふたりで歩いている。

お市は伊之助の方を見た。

「何だよ」

伊之助が絡んでくる。

「別に、あんたのことじゃないし」

「どういうことだよ。白波の牛松一味が最後に襲った店に行きたいって」

「だから、言ったでしょ。この前のことが悔しいから、もう一度洗うのよ」

「あのな、俺も言っただろ。盗賊を追うなんてことは、奉行所や火盗改の仕事なんだよ。お前ぇみたいな、よろず屋がやれるこっちゃねぇ」

「それは、分からないわよ」

お市は強い言葉で言い返した。

万七が十一年前に、盗賊白波の牛松一味をほぼ一網打尽にした件について、その襲撃先となった店にお市は伊之助に案内させた。

門前仲町の裏手にある場所に、その安田屋はあった——はずだが、もう店は変わっていた。

「盗賊にやられたから」

お市が聞くと、伊之助は首を振った。

「その後もしばらくやってたけど……」

「じゃ、周囲で聞き込もう」

——本来なら、もちろん、あたしひとりで十分。

しかしこれからやることは、伊之助の助けがないとできないとお市は思ったのだ。

「何を聞くんだ」

お市は綺麗な笑みを見せた。

「あの長門屋さんの前の店、安田屋さんのことでちょっとお聞きしたいことがあって……」

お市はまず元々安田屋だった店の隣に立つ、別の店を訪れた。そして、丁稚に番頭を呼ばせる。そして番頭格の者が中から出て来ると、尋ねた。

「昔いた奉公人のことなんですが……」

「はあ、もう店なんかないだろう」

番頭格の男はそう言った。

「ええ、それは分かってるんですが、昔のことを覚えていたらと……」

番頭格の男は手を振った。

「何、寝ぼけたこと言ってるんだよ。もうずっと前に無くなったんだって」

「ええ、ですから、その前のことで、十一年前に盗賊……」

番頭格の男は首を振った。

「さあ、商売の邪魔だ、出て行ってくれ」

男はお市を押し出すようにした。

そこへ伊之助が十手で肩を叩きながら、入ってくる。

「あっ、こりゃ、親分さん」

幸か不幸か、この辺りは伊之助の顔が利くところだ。

「おお、商売繁盛ってとこか」

「いや、それほどでも」

「まあ、しっかりやらねぇとな」

「まったくでして」

「しっかりと言やぁ、こっちもしっかりやらねぇといけなくてな」

伊之助は男を見ると、お市を指した。

「こいつの言ってたこと、知らねぇかな」

「えっ、この娘……親分さんのお知り合いで……ああ、それは、それは……お茶の一杯も気づきませんで……」

「ああ、いいから、いいから」

伊之助は十手で、お市を指した。

「それより、こいつの話はどんな塩梅でぇ」

——こいつ、こいつって偉そうに。

お市はむっとしながらも、普段は見せない伊之助の貫禄のようなものに感心していた。

伊之助みたいな奴でも、十手を持つとこうまで、余裕のある、いなせな風を出せるんだな。

「安田屋の奉公人に、こんな顔をした奴はいなかったかい」

伊之助は紙に描かれた似顔絵を見せた。

番頭格の男は、まじまじと見ている。

「いや、覚えてませんな」

「そうかい」

伊之助はがっかりした顔をした。

「他に誰かいねぇのか」

「それが、安田屋さんの事件の時にいたのは、わたしひとりでして……」

「なんでぇ、主人は」

「はい、ちょうど二年前、先代と女将さんが亡くなって、代替わりしまして……」

「はあ」

伊之助は大きなため息をついた。

店を出ると、お市は伊之助を見た。

「次はあっちだね」

お市が向かいの小さな小間物屋を指した。

「分かってる」

ふたりは往来を足早に横切った。

裏手とはいえ、こちらもさすがに門前仲町で、表通り同様に、忙しそうに歩く商人たち、また同じく武士も数多く行き交っている。

「こんにちは」

向かいの小間物屋の前に立つや、お市は中へ声を掛けた。

しかし、この店は若夫婦がふたりだけでやっており、ここへ店を出したのが三年前で事件のことすら知らなかった。

更に向こう三軒両隣を片っ端から当たったが、誰も覚えていなかった。

「奉公人なんてのは外へ出ねぇんだよ。人に見られることが少ねぇんだって」

伊之助が言うと、お市は言い返した。

「だから、やめるって言うの」

「誰もそうは言ってねぇ」

その後も、数軒訪ねたが、誰も知らなかった。

「あー、こりゃ、もう駄目だ」

伊之助はやる気なさそうな顔になっていく。

「考えてもみろ。そんな十一年前にいた他所の奉公人のことなんて、いちいち覚えてねぇんだって……」

伊之助は半ばあきらめたように、表通りを歩いて行く。ちょうど、富岡八幡宮へ参拝に向かう人々と、すれ違う形になる。

辺りは暗くなっていた。

時刻のせいかとお市は思ったが、そうではなかった。

「雨……」

お市は空を見上げた。

何時の間にか、空一面真っ黒い雲に覆われている。

お市の顔に、雨粒が降りかかった。

やがて今度は静かだった雨が、もの凄い凶暴な降りに変わって、片っ端から降り注いだ。

ありとあらゆる場所が濡れそぼっていく。

「あっ、こりゃまずいや」

伊之助が走り出した。

お市も続く。

伊之助はそのまま、少し先に見える番屋に飛び込んだ。

「ちょっと雨宿りさせて貰うぜ」

伊之助はそう言うと、誰も返事がない中、上がり框に座り込んだ。

「ああ、こりゃ、旦那」

中にいた町代、書役といった連中が、畳の上から挨拶をした。

「相当、降ってきましたね」

ふたりのうち、やや若い方がそう言うと、伊之助は頷いた。

「ああ、ひでぇ降りだぜ」

もうひとり、結構な年と見える老人が口を開いた。

「まあ、でも、ちょうど、良かったようで……うん……」

老人はお市を見た。

「この娘は」

「ああ、気にしないでくれ。ちょっと訳ありでな」

伊之助が言うと若い方がニヤニヤした。

「旦那も隅に置けませんや」

「馬鹿野郎！　そんなんじゃねぇ」

伊之助がもの凄い勢いで怒鳴った。

「へ、へぇ、すみません」

若い男が慌てて頭を下げた。

お市は馬鹿馬鹿しくなった。

——伊之助の怒鳴り声は、半分照れ隠しだ。

お市は、伊之助の顔を見ながら、土間に立った。

「ああ、あんたも、茶でも飲むかい」

老人の方が、湯飲みに茶を入れて、伊之助に渡しながら言う。

「結構です」

お市は首を振った。

「おっ、すまねぇな」

伊之助は遠慮無く、茶を啜っている。

「どうぞお使いください」

老人は言いながら、手拭いを伊之助に渡した。

受け取った伊之助は、湯飲みを置くと、手拭いで着物のあちこち、顔、腕などを、拭いていく。

伊之助は懐から、さっきの似顔絵を取りだした。

「あーあ、濡れちまったよ」

伊之助は言いながら、畳の上にその似顔絵を伸ばすように置いた。

「こうして乾かしておけばいいか。ちょっと畳借りるぜ」

「ああ、どうぞ、どうぞ」

若い男はそう言いながら、似顔絵をのぞきこんだ。

「あれ、女の顔じゃねぇですか」

また若い男がニヤニヤする。

「だから、そんなんじゃ、ねぇって言ってるだろ」

伊之助がまた怒鳴った。

この若い男は、とにかく何でも女ときたら、嬉しくなる性質のようだ。

「お前ぇ、どこの娘でぇ」

今度は若い男の興味がお市に向いた。

「さあ、どこだろう」

お市がからかうように言うと、若い男はむっとした。

「何だと、こいつ」

「町代の方って、随分とひどい言葉を使うんですねえ」

若い男の顔色が変わる。

お市は続けた。

「後で困るのはそっちかもよ」

「ど、どういう意味だ」

若い男がそう怒鳴った時、老人の声が聞こえた。

「やめんか！」

老人は立ち上がると、すぐ傍までやってくると、若者をにらんだ。

「まったく、女と聞いたら、まるで見境なしなんだから」

言いながら、老人が若者の肩越しに似顔絵を見た。

「これは……お菊さん」

その瞬間、伊之助とお市の身体が強張った。

「な、何て言いました」

お市が慌てて聞き返す。

「お菊さん、安田屋の……ほら、昔、押しこみにやられた安田屋で奉公していた人だよ……唇の右の横に黒子があるだろ」

老人はそう言うと、にっこりとした。

お市が求めていた証言だ。

本所の佐助から聞いて、お市は己の両親が三笠町に住んでいたが、殺されたことを知った。

更にもうひとつ、万七が、両親のお菊と新吉を知っていたという事実も佐助から得ていた。

これらは十一年前――つまり万七が白波の牛松一味を追っていた頃のことである。

そして、先日お市が手痛い目にあった、長兵衛の話だ。

まず、白波の牛松一味の仕事のやり方だ。引き込みと図面役を必ず使うという話を長兵衛はした。牛松一味の中で、その役割を受け持っていたのは、専ら漁火の小四郎だった。小四郎は引き込み役と図面を得るための図面役には必ずそこを建てた大工を仲間にしていた。

次に、万七がこの牛松一味のほとんどをお縄にできたのは、その裏をかいて、引き込み役と図面役のふたりは、万七の息のかかった者を潜入させたからだったということ。

これらのことを聞いて、お市の胸で燃え始めたものがある。

——万七が、引き込みと図面役として、安田屋に入れたのは、お菊と新吉ではないのか。

佐助の家からの帰り際、慌てて佐助が告げたのは、新吉が大工だという事実だった。

今、この町役人の証言で、お菊が十一年前に安田屋に奉公していたことが分かった。決定的な事実になったのだ。

それに今度はつい最近の米問屋、三崎屋が、十一年前に逃げられた漁火の小四郎一味によって襲撃された事件だ。この件で、小四郎は己が殺されたように見せようとして、しくじった。

ただし、引き込みと図面役は殺している。

ここまで考えて、お市はぞっとした。

——お菊と新吉も、十一年前に小四郎に殺されたのではないか。

白波の牛松以下、仲間が全部引っ括られて、獄門台に上がったが、小四郎だけは逃げ切った。これは多分、岡っ引き長兵衛とつながっていて、万七の策を知っていたからだ。お菊と新吉が裏切り者だと知った小四郎が、逃げながら、ふたりを殺したと考えると、万七の行動もわかりやすい。

何とか小四郎の魔手から逃す為に、三笠町の長屋を見つけたのではないだろうか。

だがすぐに露見して、お菊と新吉はまた逃げて押上村の掘っ立て小屋に隠れたが、最後は見つかって殺された。

その時、お市の身体が異様に震えた。

――ならば両親が死んだのは、万七のせいではないか。

今まで、ずっと尊敬してきた万七だが、初めて、お市の心の中に、万七への疑念が芽生え始めていた。

「おとっつぁん、おっかさん」

お市は思わず、声に出していた。

四、

「おい、入るぜ」

言い終わらぬうちに、伊之助がよろず屋に入ってきた。

そして入るなり、大声を出した。

「お市、いつまで寝てるんだ！　大変だぞ！」

伊之助の声が響き渡った。

お市は二階から階段を下りてきた。

「寝てないわよ。上で片づけしていただけ」

お市は伊之助の顔をにらんだ。

「一体、朝から何事」

「小四郎が江戸にいたぜ」

「えっ！　どこにいたの」

「ついこの先さ。他所に行ったふりして、江戸に、この本所に、舞い戻ってきてやがったんだ」

よろず屋に駆け込んだ白粉のという二つ名を持つ伊之助の顔は、真っ赤に染められていた。

「いったい、どこに」

「回向院の裏辺りだ」

お市は土間に降りた。

「すぐに行く」

「俺は捕り方として行くから、一緒は無理だ」

「分かってる」

「じゃあな」

伊之助が先に行こうとした。

「伊之助さん」

お市がきちんとその名を呼んだ。

「どうして、こんな大事なことをあたしに報せてくれたの」

「そりゃ、俺だって、万七親分の手下だからさ。何とか取り逃がした、小四郎を捕まえたい……で、お前もそうだろと思ってな……」

伊之助はそう言って、出て行った。

お市には意外だった。

「伊之助……ありがとう」

お市も外へ出た。

そしてよろず屋の欅の看板をじっと見つめた。

万七がお気に入りだった看板を。

回向院裏に着くと、もう何十人、下手すれば百人近い数の捕り方が、集まっていた。奉行所が総動員されたのだろう。

仁杉半兵衛もいるのが分かる。伊之助の方は分からない。

お市は寺の裏手に出ようとするが、動けない。

――動けば、これだけいるんだ。間違いなく、見つかる。

見つかれば、ここから排除されるのがおちだ。

――小四郎を捕まえる。

お市にとっては両親の仇であり、万七の後始末をつける相手でもある。

――でも、万七は両親を死に追いやったのではないか。

お市は頭を何度か振った。

「今は、この場のことだけを考えよう」

裏手にいるのだから、先にも言ったように、そちらに廻れば小四郎と会えるのはほぼ間違いない。

ただし、これだけの大軍団を投入されては、仇を取るどころか何もできないだろう。

いきなり、万七の声がした。

〝お市、他人と同じことしてたら、出し抜くことはできねぇぞ。誰もやってないことをやるのが、他人を超える方法なんだぜ〟

——誰もやってないことか。

お市はしばらく考えていたが、やがてひとり頷いた。

お市は回向院の表門の下にいた。

山門には大きく回向院と書かれた寺号額が掲げられている。まだ日も高く、回向院に向かう人は多く、かなりの人が中にいるのが分かる。

——これだけ人がいては、こちらには来ないかな。

お市は座り直した。

——八つの鐘の音と同時に盗賊宿に踏み込むはずだ。

伊之助はそこまで教えてくれていた。

お市は静かに待っていた。

やがて、鐘の音が聞こえ始めた。

——勝負だ。

お市は髷に手を伸ばした。ジーファーの感触をたしかめる為だ。

そして次の瞬間、お市は目を疑った。

ひとりの男が回向院横の道の盛り土から出て来た。

——まさか。

しかし、間違いない。

近くまで来ると、はっきり確認できた。右腕には焼かれたような傷痕がある。赤く、醜く、えぐれた痕。

そして、首の付け根の大きな黒子。

——小四郎だ。

お市の読み通り、小四郎は狡猾だった。抜け穴を盗賊宿に掘っていたのだ。そして捕り方が突入すると同時にその穴に入り、入口は見つからないように閉じた後、それを通ってこの回向院横の道に出て来たのだ。

回向院の裏手に盗賊宿があり、その南は相生町を挟んですぐ竪川だ。そして回向院の中や、表通りは人がごったがえしている。そんなところで、抜け穴の出口から出て来たら目立ち過ぎる。

お市はほとんど人のいない横道から来ると踏んでいたのだ。

——それが今、当たった。

お市の頭の中で、ぐるぐると両親の思い出が回り始めた。

お菊と新吉の顔は、依然として、真っ黒だ。

——仇だ。

お市はジーファーを髷から抜いた。一旦山門の横側に身を潜めて、走ってくる小四郎を見ている。

やがて小四郎の身体が表通りに差し掛かった。

お市は横からひらりと出て、前を遮った。

さすがに、小四郎も動揺している。

「どきやがれ」

お市は首を振る。

「邪魔だ」

小四郎はいきなり短刀で斬りつけたが、お市はそれをかわした。

小四郎の顔が明らかにきつくなった。

小四郎は駆け抜けようとした。

瞬間、お市が右手に持ったジーファーを小四郎目がけて投げた。

「うっ」

小四郎の右腿の後ろに、ジーファーが刺さっている。

「くそっ」

小四郎が膝をついた。流石にもう走るのは無理なようだ。

お市は前に立ちはだかった。

小四郎も怒りの頂点に達しているようで、懐からもう一本短刀を取り出すと左手で抜き放った。

「お前は誰だ」

小四郎が怒鳴る。

お市は構わない。

「仇を取る」

「何だと」

「覚えてない？」

お市はそこでジーファーを眼前に構えた。

「お菊と新吉夫婦を」

「何だって」

「お前が十一年前に殺したふたり」

「十一年前……」

「押上村の掘っ立て小屋で焼き殺した」

「あっ」

小四郎はようやく思い出したようだ。

「まさか、お前……」

小四郎がお市を訝しげに見た。

「そう、あんたの思ったとおりよ」

「あの時のガキか」

お市は深く頷いた。

といっても、ほとんど記憶は無い。

「小屋から走って逃げたのか。恐ろしく速い足だった」

小四郎が笑う。

「俺でもおいつけなかったよ」

そこで小四郎の顔が急に厳しくなった。

「今度はしとめるぜ」

小四郎が両方の手に短刀をかかげた。

「死ね」

いきなり右手で斬りかかる。お市は横へ飛んで避けたが、左手の短刀が首に飛んできた。間一髪でお市は避ける。

しかしまた小四郎はしつこく、短刀で突いてくる。しかも両手で挟むように攻撃してくるので、お市の着物は何度も斬られた。

五回目の右手の突きが、お市の左腕をかすめた。血が流れ出る。そして同時に、左手の短刀が旋回してきて、お市の首にかすかに傷をつけた。

首を押さえるお市。

「おう、おう大丈夫かい」

小四郎はにやけた声を出した。

そしてその声と同時に今度は先に左で更に突いてくる。

小四郎の右短刀を顔の前でかわす。

しかし次の左の突きは、お市の横腹を抉った。

「うっ」

小四郎は見逃さない。

足でその傷を蹴ってくる。

「あっ」

激痛が全身を走り、お市は倒れてしまう。

小四郎がにやりとした。

「じゃあな」

小四郎が倒れたお市に馬乗りになった。足で傷を抉るようにしながら、右手の短刀を上に構えた。

「親子三人、みな俺が殺したことになるのか。はははは」

小四郎が短刀をお市の胸に突き立てようとした時、お市は懐からジーファーを抜いて馬乗りになる小四郎の腹を深く刺した。

「ぎゃあっ」

小四郎の悲鳴が響き渡り、後ろに倒れた。

お市は起き上がろうとするが、脾腹の傷が痛くて動けない。

「万七さんを殺したのもあんたなの」

小四郎はやっと立ち上がり、逃げていく。

「ちいっ、それはおれじゃねえ」

小四郎の姿がよろよろと遠ざかる。

「待て！」

いきなり、野太い男の声がした。

そして一瞬にして、小四郎の二つの短刀が宙に浮いた。

更に、小四郎の身体に何度か刀が打ちつけられた。

「ぐあ」

小四郎が倒れる。

「大丈夫か」

仁杉がお市の顔を上からのぞく。

「お市！」

伊之助も心配そうな顔をした。

「あたしは大丈夫」

お市は起き上がろうとしたが、力が入らない。

伊之助がお市の腕を引っ張ろうとすると、お市はそれを無言で払いのけた。

「なんでぇ」

お市はゆっくりと、しかし独りで立ち上がった。

「お前、なんでこんなとこに居るんだ」

仁杉がお市をにらんだ。

「お寺参りしてたんですよ。そしたら――」

「ちっ、もうちょっとましな嘘をつけ」

仁杉はお市をにらんだ後、今度は近くの同心に怒鳴った。

「連れて行け」

小四郎が同心に縄をうたれて連れて行かれる。

その瞬間、お市には刻が止まっているように感じられた。小四郎の首筋だけが、大きく見えた。

お市はいきなり髷からジーファーを抜くと、小四郎に向かって渾身の力で投げた。

小四郎の首筋に、鮮やかに櫛先から深々と根元まで突き刺さった。

まるで首にジーファーの花が咲いたように。

「何を――」

仁杉の声が響く。

お市はよろめきながらも背筋を伸ばして仁杉を見た。

「仇を討ちました」

お市は凜とした声を張ると、歩き出した。

「おい、待て、待てよ」

仁杉の声が聞こえるが、お市は構わず歩いて行く。

――これでやっと仇が取れたよ。おとっつぁん、おっかさん。

気がつけば心の中の、お菊と新吉の顔がはっきりしていた。

――こんなに綺麗だったんだ、おっかさん。

――こんなに優しそうだったんだ、おとっつぁん。

お市は笑みをたたえながら、独り歩いて行った。

本書は書き下ろしです。

よろず屋お市
深川事件帖

誉田龍一

幼い頃、実の父母が不幸にも殺され、お市は岡っ引きの万七に育てられる。よろず請負い稼業で危険をかいくぐってきた万七だが、彼も不審な死を遂げた。哀しみのなか、お市は稼業を継ぐ。駆け落ち娘の行方捜し、不義密通の事実、記憶のない女の身元、ありえない水死の謎——持ち込まれる難事に、お市は独り挑む。

ハヤカワ
時代ミステリ文庫

陰《かげ》仕《づか》え 石川紋四郎

冬月剣太郎

「公儀の敵をやむなく斬って始末する」薄毛の剣士・紋四郎は、己の酷薄な役割に苦悩する。そんな折、江戸で次々と起こる読売殺し——世間を騒がす下手人の手掛かりを探すことに。紋四郎は勇んで探索するも、なんと好奇心に富みすぎる妻さくらが自分も手伝うと言い出すから気苦労が増え……おしどり夫婦事件帖。

著者略歴　1963年生，作家　著書『よろず屋お市 深川事件帖』（早川書房刊）『日本一の商人 西屋清兵衛奮闘記』『日本一の商人 西屋清兵衛、危機一髪』『天下を駆ける 菊と葵の拝領剣』他多数

HM=Hayakawa Mystery
SF=Science Fiction
JA=Japanese Author
NV=Novel
NF=Nonfiction
FT=Fantasy

よろず屋《や》お市《いち》
深川事件帖２　親子の情

〈JA1410〉

二〇二〇年一月十日　印刷
二〇二〇年一月十五日　発行
（定価はカバーに表示してあります）

著者　誉《ほん》田《だ》龍《りゅう》一《いち》
発行者　早川浩
印刷者　大柴正明
発行所　株式会社　早川書房
郵便番号　一〇一 - 〇〇四六
東京都千代田区神田多町二ノ二
電話　〇三 - 三二五二 - 三一一一
振替　〇〇一六〇 - 三 - 四七七九九
https://www.hayakawa-online.co.jp

乱丁・落丁本は小社制作部宛お送り下さい。
送料小社負担にてお取りかえいたします。

印刷・株式会社亨有堂印刷所　製本・株式会社フォーネット社

ISBN978-4-15-031410-1 C0193

本書は活字が大きく読みやすい〈トールサイズ〉です。